Eduard Mörike

Mozart auf der Reise

nach Prag

Novelle

Eduard Mörike: Mozart auf der Reise nach Prag. Novelle

Entstanden 1852/55. Erstdruck in: Morgenblatt für gebildete Stände (Stuttgart), Nr. 30–33, Juli und August 1855.

Neuausgabe mit einer Biographie des Autors
Herausgegeben von Karl-Maria Guth
Berlin 2016

Der Text dieser Ausgabe folgt:
Eduard Mörike: Sämtliche Werke in zwei Bänden. Mit einem Nachwort von Benno von Wiese sowie Anmerkungen, Zeittafel und Bibliographie von Helga Unger, Band 1, München: Winkler, 1967.

Die Paginierung obiger Ausgabe wird hier als Marginalie zeilengenau mitgeführt.

Umschlaggestaltung von Thomas Schultz-Overhage

Gesetzt aus der Minion Pro, 11 pt

Verlag: Henricus - Edition Deutsche Klassik GmbH
Mörchinger Str. 33, 14169 Berlin, info@henricus-verlag.de
Druck: Libri Plureos GmbH, Friedensallee 273, 22763 Hamburg

Die Ausgaben der Sammlung Hofenberg basieren auf zuverlässigen Textgrundlagen. Die Seitenkonkordanz zu anerkannten Studienausgaben machen Hofenbergtexte auch in wissenschaftlichem Zusammenhang zitierfähig.

ISBN 978-3-8430-8870-1

Bibliografische Information der Deutschen Nationalbibliothek

Die Deutsche Nationalbibliothek verzeichnet diese Publikation in der Deutschen Nationalbibliografie; detaillierte bibliografische Daten sind im Internet über www.dnb.de abrufbar.

Im Herbst des Jahres 1787 unternahm Mozart in Begleitung seiner Frau eine Reise nach Prag, um »Don Juan« daselbst zur Aufführung zu bringen.

Am dritten Reisetag, den vierzehnten September, gegen elf Uhr morgens, fahr das wohlgelaunte Ehepaar noch nicht viel über dreißig Stunden Wegs von Wien entferne, in nordwestlicher Richtung, jenseits vom Mannhardsberg und der deutschen Thaya, bei Schrems, wo man das schöne Mährische Gebirg bald vollends überstiegen hat.

»Das mit drei Postpferden bespannte Fuhrwerk«, schreibt die Baronesse von T. an ihre Freundin, »eine stattliche, gelbrote Kutsche, war Eigentum einer gewissen alten Frau Generalin Volkstett, die sich auf ihren Umgang mit dem Mozartischen Hause und ihre ihm erwiesenen Gefälligkeiten von jeher scheint etwas zugut getan zu haben.« – Die ungenaue Beschreibung des fraglichen Gefährts wird sich ein Kenner des Geschmacks der achtziger Jahre noch etwa durch einige Züge ergänzen. Der gelbrote Wagen ist hüben und drüben am Schlage mit Blumenbuketts, in ihren natürlichen Farben gemalt, die Ränder mit schmalen Goldleisten verziert, der Anstrich aber noch keineswegs von jenem spiegelglatten Lack der heutigen Wiener Werkstätten glänzend, der Kasten auch nicht völlig ausgebaucht, obwohl nach unten zu kokett mit einer kühnen Schweifung eingezogen; dazu kommt ein hohes Gedeck mit starrenden Ledervorhängen, die gegenwärtig zurückgestreift sind.

Von dem Kostüm der beiden Passagiere sei überdies so viel bemerkt. Mit Schonung für die neuen, im Koffer eingepackten Staatsgewänder war der Anzug des Gemahls bescheidentlich von Frau Constanzen ausgewählt; zu der gestickten Weste von etwas verschossenem Blau sein gewohnter brauner Überrock mit einer Reihe großer und dergestalt fassonierter Knöpfe, daß eine Lage rötliches Rauschgold durch ihr sternartiges Gewebe schimmerte, schwarzseidene Beinkleider, Strümpfe, und auf den Schuhen vergoldete Schnallen. Seit einer halben Stunde hat er wegen der für diesen Monat außerordentlichen Hitze sich des Rocks entledigt und sitzt vergnüglich plaudernd, barhaupt, in Hemdärmeln da. Madame Mozart trägt ein bequemes Reisehabit, hellgrün und weiß gestreift; halb aufgebunden fällt der Überfluß ihrer schönen, lichtbraunen Locken auf Schulter und Nacken herunter; sie waren zeit ihres Lebens noch niemals von Puder entstellt, während der starke, in einen Zopf gefaßte Haarwuchs ihres Gemahls für heute nur nachlässiger als gewöhnlich damit versehen ist.

Man war eine sanft ansteigende Höhe zwischen fruchtbaren Feldern, welche hie und da die ausgedehnte Waldung unterbrachen, gemachsam hinauf und jetzt am Waldsaum angekommen.

»Durch wieviel Wälder«, sagte Mozart, »sind wir nicht heute, gestern und ehegestern schon passiert! – Ich dachte nichts dabei, geschweige daß mir eingefallen wäre, den Fuß hineinzusetzen. Wir steigen einmal aus da, Herzenskind, und holen von den blauen Glocken, die dort so hübsch im Schatten stehn. Deine Tiere, Schwager, mögen ein bißchen verschnaufen.«

Indem sie sich beide erhoben, kam ein kleines Unheil an den Tag, welches dem Meister einen Zank zuzog. Durch seine Achtlosigkeit war ein Flakon mit kostbarem Riechwasser aufgegangen und hatte seinen Inhalt unvermerkt in die Kleider und Polster ergossen. »Ich hätt es denken können«, klagte sie, »es duftete schon lang so stark! O weh, ein volles Fläschchen echte Rosée d'Aurore rein ausgeleert! Ich sparte sie wie Gold.« – »Ei, Närrchen«, gab er ihr zum Trost zurück, »begreife doch, auf solche Weise ganz allein war uns dein Götter-Riechschnaps etwas nütze. Erst saß man in einem Backofen und all dein Gefächel half nichts, bald aber schien der ganze Wagen gleichsam ausgekühlt; du schriebst es den paar Tropfen zu, die ich mir auf den Jabot goß; wir waren neu belebt und das Gespräch floß munter fort, statt daß wir sonst die Köpfe hätten hängen lassen wie die Hämmel auf des Fleischers Karren; und diese Wohltat wird uns auf dem ganzen Weg begleiten. Jetzt aber laß uns doch einmal zwei Wienerische Nos'n recht expreß in die grüne Wildnis stecken!«

567

Sie stiegen Arm in Arm über den Graben an der Straße und sofort tiefer in die Tannendunkelheit hinein, die, sehr bald bis zur Finsternis verdichtet, nur hin und wieder von einem Streifen Sonne auf sammetnem Moosboden grell durchbrochen ward. Die erquickliche Frische, im plötzlichen Wechsel gegen die außerhalb herrschende Glut, hätte dem sorglosen Mann ohne die Vorsicht der Begleiterin gefährlich werden können. Mit Mühe drang sie ihm das in Bereitschaft gehaltene Kleidungsstück auf. – »Gott, welche Herrlichkeit!« rief er, an den hohen Stämmen hinaufblickend, aus: »man ist als wie in einer Kirche! Mir deucht, ich war niemals in einem Wald, und besinne mich jetzt erst, was es doch heißt, ein ganzes Volk von Bäumen beieinander! Keine Menschenhand hat sie gepflanzt, sind alle selbst gekommen, und stehen so, nur eben weil es lustig ist beisammen wohnen und wirtschaften. Siehst du, mit jungen Jahren fuhr ich doch in halb Europa hin und her, habe die Alpen gesehn und das Meer, das Größeste und Schönste, was erschaffen ist: jetzt steht von ungefähr der Gimpel in einem ordinären Tannenwald an der böhmischen Grenze, verwundert und verzückt, daß solches Wesen irgend existiert, nicht etwa nur so una finzione di poeti ist, wie ihre Nymphen, Faune und dergleichen mehr, auch kein Komödienwald, nein aus dem Erdboden herausgewachsen, von Feuchtigkeit und Wärmelicht der Sonne großgezogen! Hier ist zu Haus der Hirsch, mit seinem wundersamen zackigen Gestäude auf der Stirn, das possierliche Eichhorn, der Auerhahn, der Häher.« Er bückte sich, brach einen Pilz, und pries die prächtige hochrote Farbe des Schirms, die zarten weißlichen Lamellen an dessen unterer Seite, auch steckte er verschiedene Tannenzapfen ein.

»Man könnte denken«, sagte die Frau, »du habest noch nicht zwanzig Schritte hinein in den Prater gesehen, der solche Raritäten doch auch wohl aufzuweisen hat.«

»Was Prater! Sapperlott, wie du nur das Wort hier nennen magst! Vor lauter Karossen, Staatsdegen, Roben und Fächern, Musik und allem Spektakel der Welt, wer sieht denn da noch sonst etwas? Und selbst die Bäume dort, so breit sie sich auch machen, ich weiß nicht – Bucheckern und Eicheln, am Boden verstreut, sehn halter aus als wie Geschwisterkind mit der Unzahl verbrauchter Korkstöpsel darunter. Zwei Stunden weit riecht das Gehölz nach Kellnern und nach Soßen.«

»O unerhört!« rief sie, »So redet nun der Mann, dem gar nichts über das Vergnügen geht, Backhähnl im Prater zu speisen!«

Als beide wieder in dem Wagen saßen, und sich die Straße jetzt nach einer kurzen Strecke ebenen Wegs allmählich abwärts senkte, wo eine lachende Gegend sich bis an die entfernteren Berge verlor, fing unser Meister, nachdem er eine Zeitlang still gewesen, wieder an: »Die Erde ist wahrhaftig schön, und keinem zu verdenken, wenn er so lang wie möglich darauf bleiben will. Gott sei's gedankt, ich fühle mich so frisch und wohl wie je, und wäre bald zu tausend Dingen aufgelegt, die denn auch alle nacheinander an die Reihe kommen sollen, wie nur mein neues Werk vollendet und aufgeführt sein wird. Wieviel ist draußen in der Welt, und wieviel daheim, Merkwürdiges und Schönes, das ich noch gar nicht kenne, an Wunderwerken der Natur, an Wissenschaften, Künsten und nützlichen Gewerben! Der schwarze Köhlerbube dort bei seinem Meiler weiß dir von manchen Sachen auf ein Haar soviel Bescheid wie ich, da doch ein Sinn und ein Verlangen in mir wäre, auch einen Blick in dies und jens zu tun, das eben nicht zu meinem nächsten Kram gehört.«

»Mir kam«, versetzte sie, »in diesen Tagen dein alter Sackkalender in die Hände von Anno fünfundachtzig; da hast du hinten angemerkt drei bis vier Notabene. Zum ersten steht: ›Mitte Oktober gießet man die großen Löwen in kaiserlicher Erzgießerei‹; fürs zweite, doppelt angestrichen: ›Professor Gattner zu besuchen.‹ Wer ist der?« – »O recht, ich weiß – auf dem Observatorio der gute alte Herr, der mich von Zeit zu Zeit dahin einlädt. Ich wollte längst einmal den Mond und 's Mandl drin mit dir betrachten. Sie haben jetzt ein mächtig großes Fernrohr oben; da soll man auf der ungeheuern Scheibe, hell und deutlich bis zum Greifen, Gebirge, Täler, Klüfte sehen, und von der Seite, wo die Sonne nicht hinfällt, den Schatten, den die Berge werfen. Schon seit zwei Jahren schlag ich's an, den Gang zu tun, und komme nicht dazu, elender- und schändlicherweise!«

»Nun«, sagte sie, »der Mond entläuft uns nicht. Wir holen manches nach.«

Nach einer Pause fuhr er fort: »Und geht es nicht mit allem so? O pfui, ich darf nicht daran denken, was man verpaßt, verschiebt und hängenläßt! – von Pflichten gegen Gott und Menschen nicht zu reden – ich sage von purem Genuß, von den kleinen unschuldigen Freuden, die einem jeden täglich vor den Füßen liegen.«

Madame Mozart konnte oder wollte von der Richtung, die sein leicht bewegliches Gefühl hier mehr und mehr nahm, auf keine Weise ablenken, und leider konnte sie ihm nur von ganzem Herzen recht geben, indem er mit steigendem Eifer fortfuhr: »Ward ich denn je nur meiner Kinder ein volles Stündchen froh? Wie halb ist das bei mir, und immer en passant! Die Buben einmal rittlings auf das Knie gesetzt, mich zwei Minuten mit ihnen durchs Zimmer gejagt, und damit basta, wieder abgeschüttelt! Es denkt mir nicht, daß wir uns auf dem Lande zusammen einen schönen Tag gemacht hätten, an Ostern oder Pfingsten, in einem Garten oder Wäldel, auf der Wiese, wir unter uns allein, bei Kinderscherz und Blumenspiel, um selber einmal wieder Kind zu wer-

569

den. Allmittelst geht und rennt und saust das Leben hin – Herr Gott! bedenkt man's recht, es möcht einem der Angstschweiß ausbrechen!«

Mit der soeben ausgesprochenen Selbstanklage war unerwartet ein sehr ernsthaftes Gespräch in aller Traulichkeit und Güte zwischen beiden eröffnet. Wir teilen dasselbe nicht ausführlich mit, und werfen lieber einen allgemeinen Blick auf die Verhältnisse, die teils ausdrücklich und unmittelbar den Stoff, teils auch nur den bewußten Hintergrund der Unterredung ausmachten.

Hier drängt sich uns voraus die schmerzliche Betrachtung auf, daß dieser feurige, für jeden Reiz der Welt und für das Höchste, was dem ahnenden Gemüt erreichbar ist, unglaublich empfängliche Mensch, soviel er auch in seiner kurzen Spanne Zeit erlebt, genossen und aus sich hervorgebracht, ein stetiges und rein befriedigtes Gefühl seiner selbst doch lebenslang entbehrte.

Wer die Ursachen dieser Erscheinung nicht etwa tiefer suchen will, als sie vermutlich liegen, wird sie zunächst einfach in jenen, wie es scheint, unüberwindlich eingewohnten Schwächen finden, die wir so gern, und nicht ganz ohne Grund, mit alledem, was an Mozart der Gegenstand unsrer Bewunderung ist, in eine Art notwendiger Verbindung bringen.

Des Mannes Bedürfnisse waren sehr vielfach, seine Neigung zumal für gesellige Freuden außerordentlich groß. Von den vornehmsten Häusern der Stadt als unvergleichliches Talent gewürdigt und gesucht, verschmähte er Einladungen zu Festen, Zirkeln und Partien selten oder nie. Dabei tat er der eigenen Gastfreundschaft innerhalb seiner näheren Kreise gleichfalls genug. Einen längst hergebrachten musikalischen Abend am Sonntag bei ihm, ein ungezwungenes Mittagsmahl an seinem wohlbestellten Tisch mit ein paar Freunden und Bekannten, zwei-, dreimal in der Woche, das wollte er nicht missen. Bisweilen brachte er die Gäste, zum Schrecken der Frau, unangekündigt von der Straße weg ins Haus, Leute von sehr ungleichem Wert, Liebhaber, Kunstgenossen, Sänger und Poeten. Der müßige Schmarotzer, dessen ganzes Verdienst in einer immer aufgeweckten Laune, in Witz und Spaß, und zwar vom gröbern Korn bestand, kam so gut wie der geistvolle Kenner und der treffliche Spieler erwünscht. Den größten Teil seiner Erholung indes pflegte Mozart außer dem eigenen Hause zu suchen. Man konnte ihn nach Tisch einen Tag wie den andern am Billard im Kaffeehaus, und so auch manchen Abend im Gasthof finden. Er fuhr und ritt sehr gerne in Gesellschaft über Land, besuchte als ein ausgemachter Tänzer Bälle und Redouten und machte sich des Jahrs einige Male einen Hauptspaß an Volksfesten, vor allen am Brigitten-Kirchtag im Freien, wo er als Pierrot maskiert erschien.

Diese Vergnügungen, bald bunt und ausgelassen, bald einer ruhigern Stimmung zusagend, waren bestimmt, dem lang gespannten Geist nach ungeheurem Kraftaufwand die nötige Rast zu gewähren; auch verfehlten sie nicht, demselben nebenher auf den geheimnisvollen Wegen, auf welchen das Genie sein Spiel bewußtlos treibt, die feinen flüchtigen Eindrücke mitzuteilen, wodurch es sich gelegentlich befruchtet. Doch leider kam in solchen Stunden, weil es dann immer galt, den glücklichen Moment bis auf die Neige auszuschöpfen, eine andere Rücksicht, es sei nun der Klugheit oder der Pflicht, der Selbsterhaltung wie der Häuslichkeit, nicht in Betracht. Genießend oder schaffend kannte Mozart gleich wenig Maß und Ziel. Ein Teil der Nacht war stets der Komposition gewidmet Morgens früh, oft lange noch im Bett, ward ausgearbeitet. Dann machte er, von zehn Uhr an, zu Fuß oder im Wagen abgeholt, die Runde seiner Lektionen, die in der Regel noch einige Nachmittags-stunden wegnahmen. »Wir plagen uns wohl auch rechtschaffen«, so schreibt er selber einmal einem Gönner, »und es hält öfter schwer, nicht die Geduld zu verlieren. Da halst man sich als wohl akkreditierter Cembalist und Musiklehrmeister ein Dutzend Schüler auf, und immer wieder einen neuen, unangesehn was weiter an ihm ist, wenn er nur seinen Taler per marca bezahlt. Ein jeder ungrischer Schnurrbart vom Geniekorps ist willkommen, den der Satan plagt, für nichts und wieder nichts Generalbaß und Kontrapunke zu studieren; das übermütigste Komteßchen, das mich wie Meister Coquerel, den Haarkräusler, mit einem roten Kopf empfängt, wenn ich einmal nicht auf den Glocken-schlag bei ihr anklopfe usw.« Und wenn er nun durch diese und andere Berufsarbeiten, Akademien, Proben und dergleichen abgemüdet, nach frischem Atem schmachtete war den erschlafften Nerven häufig nur in neuer Aufregung eine scheinbare Stärkung vergönnt. Seine Gesundheit wurde heimlich angegriffen, ein je und je wiederkehrender Zustand von Schwermut wurde, wo nicht erzeugt, doch sicherlich genährt an eben diesem Punkt, und so die Ahnung eines frühzeitigen Todes, die ihn zuletzt auf Schritt und Tritt begleitete, unvermeidlich erfüllt. Gram aller Art und Farbe, das Gefühl der Reue nicht ausgenommen, war er als eine herbe Würze jeder Lust auf seinen Teil gewöhnt. Doch wissen wir, auch diese Schmerzen rannen abgeklärt und rein in jenem tiefen Quell zusammen, der aus hundert goldenen Röhren springend, im Wechsel seiner Melodien unerschöpflich, alle Qual und alle Seligkeit der Menschenbrust ausströmte.

Am offenbarsten zeigten sich die bösen Wirkungen der Lebensweise Mozarts in seiner häuslichen Verfassung. Der Vorwurf törichter, leichtsinniger Verschwendung lag sehr nahe; er mußte sich sogar an einen seiner schönsten Herzenszüge hängen. Kam einer, in dringender Not ihm eine Summe abzuborgen, sich seine Bürgschaft zu erbitten, so war meist schon darauf gerechnet, daß er sich nicht erst lang nach Pfand und Sicherheit erkundigte; dergleichen hätte ihm auch in der Tat so wenig als einem Kinde angestanden. Am liebsten schenkte er gleich hin, und immer mit lachender Großmut, besonders wenn er meinte gerade Überfluß zu haben.

Die Mittel, die ein solcher Aufwand neben dem ordentlichen Hausbedarf erheischte, standen allerdings in keinem Verhältnis mit den Einkünften. Was von Theatern und Konzerten, von Verlegern und Schülern einging, zusamt der kaiserlichen Pension, genügte um *so* weniger, da der Geschmack des Publikums noch weit davon entfernt war, sich entschieden für Mozarts Musik zu erklären. Diese lauterste Schönheit, Fülle und Tiefe befremdete gemeinhin gegenüber der bisher beliebten, leicht faßlichen Kost. Zwar hatten sich die Wiener an »Belmonte und Constanze« – dank den populären Elementen dieses Stücks – seinerzeit kaum ersättigen können, hingegen tat, einige Jahre später, »Figaro«, und sicher nicht allein durch die Intrigen des Direktors, im Wettstreit mit der lieblichen, doch weit geringeren »Cosa rara«, einen unerwarteten, kläglichen Fall; derselbe »Figaro«, den gleich darauf die gebildetern oder unbefangenern Prager mit solchem Enthusiasmus aufnahmen, daß der Meister, in dankbarer Rührung darüber, seine nächste große Oper eigens für sie zu schreiben beschloß. – Trotz der Ungunst der Zeit und dem Einfluß der Feinde hätte Mozart mit etwas mehr Umsicht und Klugheit noch immer einen sehr ansehnlichen Gewinn von seiner Kunst gezogen: so aber kam er selbst bei jenen Unternehmungen zu kurz, wo auch der große Haufen ihm Beifall zujauchzen mußte. Genug, es wirkte eben alles, Schicksal und Naturell und eigene Schuld zusammen, den einzigen Mann nicht gedeihen zu lassen.

Welch einen schlimmen Stand nun aber eine Hausfrau, sofern sie ihre Aufgabe kannte, unter solchen Umständen gehabt haben müsse, begreifen wir leicht. Obgleich selbst jung und lebensfroh, als Tochter eines Musikers ein ganzes Künstlerblut, von Hause aus übrigens schon an Entbehrung gewöhnt, bewies Constanze allen guten Willen, dem Unheil an der Quelle zu steuern, manches Verkehrte abzuschneiden und den Verlust im Großen durch Sparsamkeit im Kleinen zu ersetzen. Nur eben in letzterer Hinsicht vielleicht ermangelte sie des rechten Geschicks und der frühern Erfahrung. Sie hatte die Kasse und führte das Hausbuch; jede Forderung, jede Schuldmahnung, und was es Verdrießliches gab, ging ausschließlich an sie. Da stieg ihr wohl mitunter das Wasser an die Kehle, zumal wenn oft zu dieser Bedrängnis, zu Mangel, peinlicher Verlegenheit und Furcht vor offenbarer Unehre, noch gar der Trübsinn ihres Mannes kam, worin er tagelang verharrte, untätig, keinem Trost zugänglich, indem er mit Seufzen und Klagen neben der Frau, oder stumm in einem Winkel vor sich hin, den *einen* traurigen Gedanken, zu sterben, wie eine endlose Schraube verfolgte. Ihr guter Mut verließ sie dennoch selten, ihr heller Blick fand meist, wenn auch nur auf einige Zeit, Rat und Hülfe. Im wesentlichen wurde wenig oder nichts gebessert. Gewann sie ihm mit Ernst und Scherz, mit Bitten und Schmeicheln für heute so viel ab, daß er den Tee an ihrer Seite trank, sich seinen Abendbraten daheim bei der Familie schmecken ließ, um nachher nicht mehr auszugehen, was war damit erreicht? Er konnte wohl einmal, durch ein verweintes Auge seiner Frau plötzlich betroffen und bewegt, eine schlimme Gewohnheit aufrichtig verwünschen, das Beste versprechen, mehr als sie verlangte – umsonst, er fand sich unversehens im alten Fahrgeleise wieder. Man war versucht zu glauben, es habe anders nicht in seiner Macht gestanden und eine völlig veränderte Ordnung nach unsern Begriffen von dem, was allen Menschen ziemt und frommt, *ihm* irgendwie gewaltsam aufgedrungen, müßte das wunderbare Wesen geradezu selbst aufgehoben haben.

Einen günstigen Umschwung der Dinge hoffte Constanze doch stets insoweit, als derselbe von außen her möglich war: durch eine gründliche Verbesserung ihrer ökonomischen Lage, wie solche bei dem wachsenden Ruf ihres Mannes nicht ausbleiben könne. Wenn erst, so meinte sie, der stete Druck wegfiel, der sich auch ihm, bald näher, bald entfernter, von dieser Seite fühlbar machte, wenn er, anstatt die Hälfte seiner Kraft und Zeit dem bloßen Gelderwerb zu opfern, ungeteilt seiner wahren Bestimmung nachleben dürfe, wenn endlich der Genuß, nach dem er nicht mehr jagen, den er mit ungleich besserem Gewissen haben würde, ihm noch einmal sowohl an Leib und Seele gedeihe, dann sollte bald sein ganzer Zustand leichter, natürlicher, ruhiger werden. Sie dachte gar an einen gelegentlichen Wechsel ihres Wohnorts, da seine unbedingte Vorliebe für Wien, wo nun einmal nach ihrer Überzeugung kein rechter Segen für ihn sei, am Ende doch zu überwinden wäre.

Den nächsten entscheidenden Vorschub aber zu Verwirklichung ihrer Gedanken und Wünsche versprach sich Madame Mozart vom Erfolg der neuen Oper, um die es sich bei dieser Reise handelte.

Die Komposition war weit über die Hälfte vorgeschritten. Vertraute, urteilsfähige Freunde, die, als Zeugen der Entstehung des außerordentlichen Werks, einen hinreichenden Begriff von seiner Art und Wirkungsweise haben mußten, sprachen überall davon in einem Tone, daß viele selber von den Gegnern darauf gefaßt sein konnten, es werde dieser »Don Juan«, bevor ein halbes Jahr verginge, die gesamte musikalische Welt, von einem Ende Deutschlands bis zum andern, erschüttert, auf den Kopf gestellt, im Sturm erobert haben. Vorsichtiger und bedingter waren die wohlwollenden Stimmen anderer, die von dem heutigen Standpunkt der Musik ausgehend einen allgemeinen und raschen Sukzeß kaum hofften. Der Meister selber teilte im stillen ihre nur zu wohlbegründeten Zweifel.

Constanze ihrerseits, wie die Frauen immer, wo ihr Gefühl einmal lebhaft bestimmt und noch dazu vom Eifer eines höchst gerechten Wunsches eingenommen ist, durch spätere Bedenklichkeiten von da- und dorther sich viel seltener als die Männer irremachen lassen, hielt fest an ihrem guten Glauben, und hatte eben jetzt im Wagen wiederum Veranlassung, denselben zu verfechten. Sie tat's, in ihrer fröhlichen und blühenden Manier, mit doppelter Geflissenheit, da Mozarts Stimmung im Verlauf des vorigen Gesprächs, das weiter zu nichts führen konnte und deshalb äußerst unbefriedigend abbrach, bereits merklich gesunken war. Sie setzte ihrem Gatten sofort mit gleicher Heiterkeit umständlich auseinander, wie sie nach ihrer Heimkehr die mit dem Prager Unternehmer als Kaufpreis für die Partitur akkordierten hundert Dukaten zu Deckung der dringendsten Posten und sonst zu verwenden gedenke, auch wie sie zufolge ihres Etats den kommenden Winter hindurch bis zum Frühjahr gut auszureichen hoffe.

»Dein Herr Bondini wird sein Schäfchen an der Oper scheren, glaub es nur; und ist er halb der Ehrenmann, den du ihn immer rühmst, so läßt er dir nachträglich noch ein artiges Prozentchen von den Summen ab, die ihm die Bühnen nacheinander für die Abschrift zahlen; wo nicht, nun ja, gottlob, so stehen uns noch andere Chancen in Aussicht, und zwar noch tausendmal solidere. Mir ahnet allerlei.«

»Heraus damit!«

»Ich hörte unlängst ein Vögelchen pfeifen, der König von Preußen hab einen Kapellmeister nötig.«

»Oho!«

»Generalmusikdirektor wollt ich sagen. Laß mich ein wenig phantasieren! Die Schwachheit habe ich von meiner Mutter.«

»Nur zu! je toller je besser.«

»Nein, alles ganz natürlich. – Vornweg also nimm an: übers Jahr um diese Zeit –«

»Wenn der Papst die Grete freit –«

»Still doch, Hanswurst! Ich sage, aufs Jahr um Sankt Ägidi muß schon längst kein kaiserlicher Kammerkomponist mit Namen Wolf Mozart in Wien mehr weit und breit zu finden sein.«

»Beiß dich der Fuchs dafür!«

»Ich höre schon im Geist, wie unsere alten Freunde von uns plaudern, was sie sich alles zu erzählen wissen.«

»Zum Exempel?«

»Da kommt z.B. eines Morgens früh nach neune schon unsere alte Schwärmerin, die Volkstett, in ihrem feurigsten Besuchssturmschritt quer übern Kohlmarkt hergesegelt. Sie war drei Monate fort, die große Reise zum Schwager in Sachsen, ihr tägliches Gespräch, solang wir sie kennen, kam endlich zustand; seit gestern nacht ist sie zurück, und jetzt, mit ihrem übervollen Herzen – es schwattelt ganz von Reiseglück und Freundschaftsungeduld und allerliebsten Neuigkeiten – stracks hin zur Oberstin damit! die Trepp hinauf und angeklopft und das Herein nicht abgewartet: stell dir den Jubel selber vor und das Embrassement beiderseits! – ›Nun, liebste, beste Oberstin‹, hebt sie nach einigem Vorgängigen mit frischem Odem an: ›ich bringe Ihnen ein Schock Grüße mit, ob Sie erraten von wem? Ich komme nicht so gradenwegs von Stendal her, es wurde ein kleiner Abstecher gemacht, linkshin, nach Brandenburg zu.‹ – ›Wie? wär es möglich... Sie kamen nach Berlin? sind bei Mozarts gewesen?‹ – ›Zehn himmlische Tage!‹ – ›O liebe, süße, einzige Generalin, erzählen Sie, beschreiben Sie! Wie geht es unsern guten Leutchen? Gefallen sie sich immer noch so gut wie anfangs dort?

Es ist mir fabelhaft, undenkbar, heute noch, und jetzt nur desto mehr, da Sie von ihm herkommen – Mozart als Berliner! Wie benimmt er sich doch? wie sieht er denn aus?‹ – ›O der! Sie sollten ihn nur sehen. Diesen Sommer hat ihn der König ins Karlsbad geschickt. Wann wäre seinem herzgeliebten Kaiser Joseph so etwas eingefallen, he? Sie waren beide kaum erst wieder da, als ich ankam. Er glänzt von Gesundheit und Leben, ist rund und beleibt und vif wie Quecksilber; das Glück sieht ihm und die Behaglichkeit recht aus den Augen.‹«

Und nun begann die Sprecherin in ihrer angenommenen Rolle die neue Lage mit den hellsten Farben auszumalen. Von seiner Wohnung Unter den Linden, von seinem Garten und Landhaus an, bis zu den glänzenden Schauplätzen seiner öffentlichen Wirksamkeit und den engeren Zirkeln des Hofs, wo er die Königin auf dem Piano zu begleiten hatte, wurde alles durch ihre Schilderung gleichsam zur Wirklichkeit und Gegenwart. Ganze Gespräche, die schönsten Anekdoten schüttelte sie aus dem Ärmel. Sie schien fürwahr mit jener Residenz, mit Potsdam und mit Sanssouci bekannter als im Schlosse zu Schönbrunn und auf der kaiserlichen Burg. Nebenbei war sie schalkhaft genug, die Person unsres Helden mit einer Anzahl völlig neuer hausväterlicher Eigenschaften auszustatten, die sich auf dem soliden Boden der preußischen Existenz entwickelt hatten und unter welchen die besagte Volkstett, als höchstes Phänomen und zum Beweis wie die Extreme sich manchmal berühren, den Ansatz eines ordentlichen Geizchens wahrgenommen hatte, das ihn unendlich liebenswürdig kleide. »Ja, nehmen's nur, er hat seine dreitausend Taler fix, und das wofür? Daß er die Woche einmal ein Kammerkonzert, zweimal die große Oper dirigiert – Ach, Oberstin, ich habe ihn gesehen, unsern lieben, kleinen goldenen Mann, inmitten seiner trefflichen Kapelle, die er sich zugeschult, die ihn anbetet! saß mit der Mozartin in ihrer Loge, schräg gegen den höchsten Herrschaften über! Und was stand auf dem Zettel, bitte Sie – ich nahm ihn mit für Sie – ein kleines Reis'präsent von mir und Mozarts dreingewickelt – hier schauen Sie, hier lesen Sie, da steht's mit ellenlangen Buchstaben gedruckt!‹ – ›Hilf Himmel! was? 'Tarar'!‹ – ›Ja, gelten's, Freundin, was man erleben kann! Vor zwei Jahren, wie Mozart den 'Don Juan' schrieb und der verwünschte giftige, schwarzgelbe Salieri auch schon im stillen Anstalt machte, den Triumph, den er mit seinem Stück davontrug in Paris, demnächst auf seinem eigenen Territorio zu begehen, und unserem guten, Schnepfen liebenden, allzeit in 'Cosa rara' vergnügten Publikum nun doch auch mal so eine Gattung Falken sehn zu lassen, und er und seine Helfershelfer bereits zusammen munkelten und raffinierten, daß sie den 'Don Juan' so schön gerupft wie jenesmal den 'Figaro', nicht tot und nicht lebendig, auf das Theater stellen wollten – wissen's, da tat ich ein Gelübd, wenn das infame Stück gegeben wird, ich geh nicht hin, um keine Welt! Und hielt auch Wort. Als alles lief und rannte – und, Oberstin, Sie mit – blieb ich an meinem Ofen sitzen, nahm meine Katze auf den Schoß und aß meine Kaldausche; und so die folgenden paar Male auch. Jetzt aber, stellen Sie sich vor, 'Tarar' auf der Berliner Opernbühne, das Werk seines Todfeinds, von Mozart dirigiert!‹ – ›Da müssen Sie schon drein!‹ rief er gleich in der ersten Viertelstunde, ›und wär's auch nur, daß Sie den Wienern sagen können, ob ich dem Knaben Absalon ein Härchen krümmen ließ. Ich wünschte, er wär selbst dabei, der Erzneidhammel sollte sehen, daß ich nicht nötig hab, einem andern sein Zeug zu verhunzen, damit ich immerfort der bleiben möge, der ich bin!‹«

»Brava! bravissima!« rief Mozart überlaut und nahm sein Weibchen bei den Ohren, verküßte, herzte, kitzelte sie, so daß sich dieses Spiel mit bunten Seifenblasen einer erträumten Zukunft, die leider niemals, auch nicht im bescheidensten Maße, erfüllt werden sollte, zuletzt in hellen Mutwillen, Lärm und Gelächter auflöste.

Sie waren unterdessen längst ins Tal herabgekommen und näherten sich einem Dorf, das ihnen bereits auf der Höhe bemerklich gewesen und hinter welchem sich unmittelbar ein kleines Schloß von modernem Ansehen, der Wohnsitz eines Grafen von Schinzberg, in der freundlichen Ebene zeigte. Es sollte in dem Ort gefüttert, gerastet und Mittag gehalten werden. Der Gasthof, wo sie hielten, lag vereinzelt am Ende des Dorfs bei der Straße, von welcher seitwärts eine Pappelallee von nicht sechshundert Schritten zum herrschaftlichen Garten führte.

Mozart, nachdem man ausgestiegen, überließ wie gewöhnlich der Frau die Bestellung des Essens. Inzwischen befahl er für sich ein Glas Wein in die untere Stabe, während sie, nächst einem Trunke frischen Wassers, nur irgendeinen stillen Winkel, um ein Stündchen zu schlafen, verlangte. Man führte sie eine Treppe hinauf, der Gatte folgte, ganz munter vor sich hin singend und pfeifend. In einem rein geweißten und schnell gelüfteten Zimmer befand sich unter andern veralteten Möbeln von edlerer Herkunft – sie waren ohne Zweifel aus den gräflichen Gemächern seinerzeit hierhergewandert – ein sauberes, leichtes

Bett mit gemaltem Himmel auf dünnen, grünlackierten Säulen, dessen seidene Vorhänge längst durch einen gewöhnlichern Stoff ersetzt waren. Constanze machte sich's bequem, er versprach sie rechtzeitig zu wecken, sie riegelte die Türe hinter ihm zu und er suchte nunmehr Unterhaltung für sich in der allgemeinen Schenkstube. Hier war jedoch außer dem Wirt keine Seele, und weil dessen Gespräch dem Gast sowenig wie sein Wein behagte, so bezeugte er Lust, bis der Tisch bereit wäre, noch einen Spaziergang nach dem Schloßgarten zu machen. Der Zutritt, hörte er, sei anständigen Fremden wohl gestattet und die Familie überdies heut ausgefahren.

Er ging, und hatte bald den kurzen Weg bis zu dem offenen Gattertor zurückgelegt, dann langsam einen hohen alten Lindengang durchmessen, an dessen Ende linker Hand er in geringer Entfernung das Schloß von seiner Fronte auf einmal vor sich hatte. Es war von italienischer Bauart, hell getüncht, mit weit vorliegender Doppeltreppe; das Schieferdach verzierten einige Statuen in üblicher Manier, Götter und Göttinnen, samt einer Balustrade.

Von der Mitte zweier großen, noch reichlich blühenden Blumenparterre ging unser Meister nach den buschigen Teilen der Anlagen zu, berührte ein paar schöne dunkle Piniengruppen, und lenkte seine Schritte auf vielfach gewundenen Pfaden, indem er sich allmählich den lichteren Partien wieder näherte, dem lebhaften Rauschen eines Springbrunnens nach, den er sofort erreichte.

Das ansehnlich weite, ovale Bassin war rings von einer sorgfältig gehaltenen Orangerie in Kübeln, abwechselnd mit Lorbeeren und Oleandern umstellt; ein weicher Sandweg, gegen den sich eine schmale Gitterlaube öffnete, lief rundumher. Die Laube bot das angenehmste Ruheplätzchen dar; ein kleiner Tisch stand vor der Bank und Mozart ließ sich vorn am Eingang nieder.

Das Ohr behaglich dem Geplätscher des Wassers hingegeben, das Aug auf einen Pomeranzenbaum von mittlerer Größe geheftet, der außerhalb der Reihe, einzeln, ganz dicht an seiner Seite auf dem Boden stand und voll der schönsten Früchte hing, ward unser Freund durch diese Anschauung des Südens alsbald auf eine liebliche Erinnerung aus seiner Knabenzeit geführt. Nachdenklich lächelnd reicht er hinüber nach der nächsten Frucht, als wie um ihre herrliche Rfinde, ihre saftige Kühle in hohler Hand zu fühlen. Ganz im Zusammenhang mit jener Jugendszene aber, die wieder vor ihm aufgetaucht, stand eine längst verwischte musikalische Reminiszenz, auf deren unbestimmter Spur er sich ein Weilchen träumerisch erging. Jetzt glänzen seine Blicke, sie irren da und dort umher, er ist von einem Gedanken ergriffen, den er sogleich eifrig verfolgt. Zerstreut hat er zum zweitenmal die Pomeranze angefaßt, sie geht vom Zweige los und bleibt ihm in der Hand. Er sieht und sieht es nicht; ja so weit geht die künstlerische Geistabwesenheit, daß er, die duftige Frucht beständig unter der Nase hin und her wirbelnd und bald den Anfang, bald die Mitte einer Weise unhörbar zwischen den Lippen bewegend, zuletzt instinktmäßig ein emailliertes Etui aus der Seitentasche des Rocks hervorbringt, ein kleines Messer mit silbernem Heft daraus nimmt und die gelbe kugelige Masse von oben nach unten langsam durchschneidet. Es mochte ihn dabei entfernt ein dunkles Durstgefühl geleitet haben, jedoch begnügten sich die angeregten Sinne mit Einatmung des köstlichen Geruchs. Er starrt minutenlang die beiden innern Flächen an, fügt sie sachte wieder zusammen, ganz sachte, trennt und vereinigt sie wieder.

Da hört er Tritte in der Nähe, er erschrickt, und das Bewußtsein, wo er ist, was er getan, stellt sich urplötzlich bei ihm ein. Schon im Begriff, die Pomeranze zu verbergen, hält er doch gleich damit inne, sei es aus Stolz, sei's weil es zu spät dazu war. Ein großer breitschulteriger Mann in Livree, der Gärtner des Hauses, stand vor ihm. Derselbe hatte wohl die letzte verdächtige Bewegung noch gesehen und schwieg betroffen einige Sekunden. Mozart, gleichfalls sprachlos, auf seinem Sitz wie angenagelt, schaute ihm halb lachend, unter sichtbarem Erröten, doch gewissermaßen keck und groß mit seinen blauen Augen ins Gesicht; dann setzte er – für einen Dritten wäre es höchst komisch anzusehn gewesen – die scheinbar unverletzte Pomeranze mit einer Art von trotzig couragiertem Nachdruck in die Mitte des Tisches.

»Um Vergebung«, fing jetzt der Gärtner, nachdem er den wenig versprechenden Anzug des Fremden gemustert, mit unterdrücktem Unwillen an: »ich weiß nicht, wen ich hier –«

»Kapellmeister Mozart aus Wien.«

»Sind ohne Zweifel bekannt im Schloß?«

»Ich bin hier fremd und auf der Durchreise. Ist der Herr Graf anwesend?«

»Nein.«

»Seine Gemahlin?«

»Sind beschäftigt und schwerlich zu sprechen.«

Mozart stand auf und machte Miene zu gehen.

»Mit Erlaubnis, mein Herr, – wie kommen Sie dazu, an diesem Ort auf solche Weise zuzugreifen?«

»Was?« rief Mozart, »zugreifen? Zum Teufel, glaubt Er denn, ich wollte stehlen und das Ding da fressen?«

»Mein Herr, ich glaube was ich sehe. Diese Früchte sind gezählt, ich bin dafür verantwortlich. Der Baum ist vom Herrn Grafen zu einem Fest bestimmt, soeben soll er weggebracht werden. Ich lasse Sie nicht fort, ehbevor ich die Sache gemeldet und Sie mir selbst bezeugten, wie das da zugegangen ist.«

»Sei's drum. Ich werde hier so lange warten. Verlaß Er sich darauf.«

Der Gärtner sah sich zögernd um, und Mozart, in der Meinung, es sei vielleicht nur auf ein Trinkgeld abgesehn, griff in die Tasche, allein er hatte das geringste nicht bei sich.

Zwei Gartenknechte kamen nun wirklich herbei, luden den Baum auf eine Bahre und trugen ihn hinweg. Inzwischen hatte unser Meister seine Brieftasche gezogen, ein weißes Blatt herausgenommen, und während daß der Gärtner nicht von der Stelle wich, mit Bleistift angefangen zu schreiben:

»Gnädigste Frau! Hier sitze ich Unseliger in Ihrem Paradiese, wie weiland Adam, nachdem er den Apfel gekostet. Das Unglück ist geschehen, und ich kann nicht einmal die Schuld auf eine gute Eva schieben, die eben jetzt von Grazien und Amoretten eines Himmelbetts umgaukelt, im Gasthof sich des unschuldigsten Schlafes erfreut. Befehlen Sie und ich stehe persönlich Ihro Gnaden Rede über meinen mir selbst unfaßlichen Frevel. Mit aufrichtiger Beschämung

Hochdero
untertänigster Diener
W. A. Mozart,
auf dem Wege nach Prag.«

Er übergab das Billett, ziemlich ungeschickt zusammengefaltet, dem peinlich wartenden Diener mit der nötigen Weisung.

Der Unhold hatte sich nicht so bald entfernt, als man an der hinteren Seite des Schlosses ein Gefährt in den Hof rollen hörte. Es war der Graf, der eine Nichte und ihren Bräutigam, einen jungen reichen Baron, vom benachbarten Gut herüberbrachte. Da die Mutter des letztern seit Jahren das Haus nicht mehr verließ, war die Verlobung heute bei ihr gehalten worden; nun sollte dieses Fest in einer fröhlichen Nachfeier mit einigen Verwandten auch hier begangen werden, wo Eugenie gleich einer eigenen Tochter seit ihrer Kindheit eine zweite Heimat fand. Die Gräfin war mit ihrem Sohne Max, dem Lieutenant, etwas früher nach Hause gefahren, um noch verschiedene Anordnungen zu treffen. Nun sah man in dem Schlosse alles, auf Gängen und Treppen, in voller Bewegung, und nur mit Mühe gelang es dem Gärtner, im Vorzimmer endlich den Zettel der Frau Gräfin einzuhändigen, die ihn jedoch nicht auf der Stelle öffnete, sondern ohne genau auf die Worte des Überbringers zu achten, geschäftig weitereilte. Er wartete und wartete, sie kam nicht wieder. Eins um das andere von der Dienerschaft, Aufwärter, Zofe, Kammerdiener, rannte an ihm vorbei, er fragte nach dem Herrn – der kleidete sich um; er suchte nun und fand den Grafen Max auf seinem Zimmer, der aber unterhielt sich angelegentlich mit dem Baron und schnitt ihm, wie in Sorge, er wolle etwas melden oder fragen, wovon noch nichts verlauten sollte, das Wort vom Munde ab: »Ich komme schon – geht nur!« Es stand noch eine gute Weile an, bis endlich Vater und Sohn zugleich herauskamen und die fatale Nachricht empfingen.

»Das wär ja höllenmäßig!« rief der dicke, gutmütige, doch etwas jähe Mann; »das geht ja über alle Begriffe! Ein Wiener Musikus, sagt Ihr? Vermutlich irgend solch ein Lump, der um ein Viatikum läuft und mitnimmt was er findet?«

»Verzeihen Ew. Gnaden, darnach sieht er gerad nicht aus. Er deucht mir nicht richtig im Kopf; auch ist er sehr hochmütig. Moser nennt er sich. Er wartet unten auf Bescheid; ich hieß den Franz um den Weg bleiben und ein Aug auf ihn haben.«

»Was hilft es hintendrein, zum Henker? Wenn ich den Narren auch einstecken lasse, der Schaden ist nicht mehr zu reparieren! Ich sagt Euch tausendmal, das vordere Tor soll allezeit geschlossen bleiben. Der Streich wär aber jedenfalls verhütet worden, hättet Ihr zur rechten Zeit Eure Zurüstungen gemacht.«

Hier trat die Gräfin hastig und mit freudiger Aufregung, das offene Billett in der Hand, aus dem anstoßenden Kabinett. »Wißt ihr«, rief sie, »wer unten ist? Um Gottes willen, lest den Brief – Mozart aus Wien, der Komponist! Man muß gleich gehen, ihn heraufzubitten – ich fürchte nur, er ist schon fort! was wird er von mir denken! Ihr, Velten, seid ihm doch höflich begegnet? Was ist denn eigentlich geschehen?«

»Geschehn?« versetzte der Gemahl, dem die Aussicht auf den Besuch eines berühmten Mannes unmöglich allen Ärger auf der Stelle niederschlagen konnte: »Der tolle Mensch hat von dem Baum, den ich Eugenien bestimmte, eine der neun Orangen abgerissen, hm! das Ungeheuer! Somit ist unserem Spaß geradezu die Spitze abgebrochen und Max mag sein Gedicht nur gleich kassieren«

»O nicht doch!« sagte die dringende Dame; »die Lücke läßt sich leicht ausfüllen, überlaßt es nur mir. Geht beide jetzt, erlöst, empfangt den guten Mann, so freundlich und so schmeichelhaft ihr immer könnt. Er soll, wenn wir ihn irgend halten können, heut nicht weiter. Trefft ihr ihn nicht im Garten mehr, sucht ihn im Wirtshaus auf, und bringet ihn mit seiner Frau. Ein größeres Geschenk, eine schönere Überraschung für Eugenien hätte der Zufall uns an diesem Tag nicht machen können.«

»Gewiß« erwiderte Max, »dies war auch mein erster Gedanke. Geschwinde, kommen Sie, Papa! Und« – sagte er, indem sie eilends nach der Treppe liefen – »der Verse wegen seien Sie ganz ruhig. Die neunte Muse soll nicht zu kurz kommen; im Gegenteil, ich werde aus dem Unglück noch besondern Vorteil ziehen.« – »Das ist unmöglich!« – »Ganz gewiß.« – »Nun, wenn das ist – allein ich nehme dich beim Wort – so wollen wir dem Querkopf alle erdenkliche Ehre erzeigen.«

Solange dies im Schloß vorging, hatte sich unser Quasi-Gefangener, ziemlich unbesorgt über den Ausgang der Sache, geraume Zeit schreibend beschäftigt. Weil sich jedoch gar niemand sehen ließ, fing er an unruhig hin und her zu gehen; darüber kam dringliche Botschaft vom Wirtshaus, der Tisch sei schon lange bereit, er möchte ja gleich kommen, der Postillion pressiere. So suchte er denn seine Sachen zusammen und wollte ohne weiteres aufbrechen, als beide Herrn vor der Laube erschienen.

Der Graf begrüßte ihn, beinah wie einen früheren Bekannten, lebhaft mit seinem kräftig schallenden Organ, ließ ihn zu gar keiner Entschuldigung kommen, sondern erklärte sogleich seinen Wunsch, das Ehepaar zum wenigsten für diesen Mittag und Abend im Kreis seiner Familie zu haben. »Sie sind uns, mein liebster Maestro, so wenig fremd, daß ich wohl sagen kann, der Name Mozart wird schwerlich anderswo mit mehr Begeisterung und häufiger genannt als hier. Meine Nichte singt und spielt, sie bringt fast ihren ganzen Tag am Flügel zu, kennt Ihre

Werke auswendig und hat das größte Verlangen, Sie einmal in mehrerer Nähe zu sehen, als es vorigen Winter in einem Ihrer Konzerte anging. Da wir nun demnächst auf einige Wochen nach Wien gehen werden, so war ihr eine Einladung beim Fürsten Gallizin, wo man Sie öfter findet, von den Verwandten versprochen. Jetzt aber reisen Sie nach Prag, werden so bald nicht wiederkehren, und Gott weiß, ob Sie der Rückweg zu uns führt. Machen Sie heute und morgen Rasttag! Das Fuhrwerk schicken wir sogleich nach Hause und mir erlauben Sie die Sorge für Ihr Weiterkommen.«

Der Komponist, welcher in solchen Fällen der Freundschaft oder dem Vergnügen leicht zehnmal mehr, als hier gefordert war, zum Opfer brachte, besann sich nicht lange; er sagte diesen einen halben Tag mit Freuden zu, dagegen sollte morgen mit dem frühesten die Reise fortgesetzt werden. Graf Max erbat sich das Vergnügen, Madame Mozart abzuholen und alles Nötige im Wirtshaus abzumachen. Er ging, ein Wagen sollte ihm gleich auf dem Fuß nachfolgen.

Von diesem jungen Mann bemerken wir beiläufig, daß er mit einem, von Vater und Mutter angeerbten, heitern Sinn Talent und Liebe für schöne Wissenschaften verband, und ohne wahre Neigung zum Soldatenstand sich doch als Offizier durch Kenntnisse und gute Sitten hervortat Er kannte die französische Literatur, und erwarb sich, zu einer Zeit, wo deutsche Verse in der höheren Gesellschaft wenig galten, Lob und Gunst durch eine nicht gemeine Leichtigkeit der poetischen Form in der Muttersprache nach guten Mustern, wie er sie in Hagedorn, in Götz und andern fand. Für heute war ihm nun, wie wir bereits vernahmen, ein besonders erfreulicher Anlaß geworden, seine Gabe zu nutzen.

Er traf Madame Mozart, mit der Wirtshaustochter plaudernd, vor dem gedeckten Tisch, wo sie sich einen Teller Suppe vorausgenommen hatte. Sie war an außerordentliche Zwischenfälle, an kecke Stegreifsprünge ihres Mannes zu sehr gewöhnt, als daß sie über die Erscheinung und den Auftrag des jungen Offiziers mehr als billig hätte betreten sein können. Mit unverstellter Heiterkeit, besonnen und gewandt, besprach und ordnete sie ungesäumt alles Erforderliche selbst. Es wurde umgepackt, bezahlt, der Postillion entlassen, sie machte sich, ohne zu große Ängstlichkeit in Herstellung ihrer Toilette, fertig, und fuhr mit dem Begleiter wohlgemut dem Schlosse zu, nicht ahnend, auf welche sonderbare Weise ihr Gemahl sich dort eingeführt hatte.

Der befand sich inzwischen bereits sehr behaglich daselbst und auf das beste unterhalten. Nach kurzer Zeit sah er Eugenien mit ihrem Verlobten; ein blühendes, höchst anmutiges, inniges Wesen. Sie war blond, ihre schlanke Gestalt in carmoisinrote, leuchtende Seide mit kostbaren Spitzen festlich gekleidet, um ihre Stirn ein weißes Band mit edlen Perlen. Der Baron, nur wenig älter als sie, von sanftem, offenem Charakter, schien ihrer wert in jeder Rücksicht.

Den ersten Aufwand des Gesprächs bestritt, fast nur zu freigebig, der gute launige Hausherr, vermöge seiner etwas lauten, mit Späßen und Histörchen sattsam gespickten Unterhaltungsweise. Es wurden Erfrischungen gereicht, die unser Reisender im mindesten nicht schonte.

Eines hatte den Flügel geöffnet, »Figaros Hochzeit« lag aufgeschlagen, und das Fräulein schickte sich an, von dem Baron akkompagniert, die Arie Susannas in jener Gartenszene zu singen, wo wir den Geist der süßen Leidenschaft stromweise, wie die gewürzte sommerliche Abendluft, einatmen. Die feine Röte auf Eugeniens Wangen wich zwei Atemzüge lang der äußersten Blässe; doch mit dem ersten Ton, der klangvoll über ihre Lippen kam, fiel ihr jede beklemmende Fessel vom Busen. Sie hielt sich lächelnd, sicher auf der hohen Woge, und das Gefühl dieses Moments, des einzigen in seiner Art vielleicht für alle Tage ihres Lebens, begeisterte sie billig.

Mozart war offenbar überrascht. Als sie geendigt hatte, trat er zu ihr und fing mit seinem ungezierten Herzensausdruck an: »Was soll man sagen, liebes Kind, hier wo es ist wie mit der lieben Sonne, die sich am besten selber lobt, indem es gleich jedermann wohl in ihr wird! Bei solchem Gesang ist der Seele zumut wie dem Kindchen im Bad: es lacht und wundert sich und weiß sich in der Welt nichts Besseres. Übrigens glauben Sie mir, unsereinem in Wien begegnet es nicht jeden Tag, daß er so lauter, ungeschminkt und warm, ja so komplett sich selber zu hören bekommt.« – Damit erfaßte er ihre Hand und küßte sie herzlich. Des Mannes hohe Liebenswürdigkeit und Güte nicht minder, als das ehrenvolle Zeugnis, wodurch er ihr Talent auszeichnete, ergriff Eugenien mit jener unwiderstehlichen Rührung, die einem leichten Schwindel gleicht, und ihre Augen wollten sich plötzlich mit Tränen anfüllen.

Hier trat Madame Mozart zur Türe herein, und gleich darauf erschienen neue Gäste, die man erwartet hatte: eine dem Haus sehr eng verwandte freiherrliche Familie aus der Nähe, mit einer Tochter, Franziska, die seit den Kinderjahren mit der Braut durch die zärtlichste Freundschaft verbunden und hier wie daheim war. Man hatte sich allerseits begrüßt, umarmt, beglückwünscht, die beiden Wiener Gäste vorgestellt, und Mozart setzte sich an den Flügel. Er spielte einen Teil eines Konzerts von seiner Komposition, welches Eugenie soeben einstudierte.

Die Wirkung eines solchen Vortrags in einem kleinen Kreis wie der gegenwärtige unterscheidet sich natürlicherweise von jedem ähnlichen an einem öffentlichen Orte durch die unendliche Befriedigung, die in der unmittelbaren Berührung mit der Person des Künstlers und seinem Genius innerhalb der häuslichen bekannten Wände liegt.

Es war eines jener glänzenden Stücke, worin die reine Schönheit sich einmal, wie aus Laune, freiwillig in den Dienst der Eleganz begibt, so aber, daß sie gleichsam nur verhüllt in diese mehr willkürlich spielenden Formen und hinter eine Menge blendender Lichter versteckt, doch in jeder Bewegung ihren eigensten Adel verrät und ein herrliches Pathos verschwenderisch ausgießt.

Die Gräfin machte für sich die Bemerkung, daß die meisten Zuhörer, vielleicht Eugenie selbst nicht ausgenommen, trotz der gespanntesten Aufmerksamkeit und aller feierlichen Stille während eines bezaubernden Spiels, doch zwischen Auge und Ohr gar sehr geteilt waren. In unwillkürlicher Beobachtung des Komponisten, seiner schlichten, beinahe steifen Körperhaltung, seines gutmütigen Gesichts, der rundlichen Bewegung dieser kleinen Hände, war es gewiß auch nicht leicht möglich, dem Zudrang tausendfacher Kreuz- und Quergedanken über den Wundermann zu widerstehen.

Zu Madame Mozart gewendet sagte der Graf, nachdem der Meister aufgestanden war: »Einem berühmten Künstler gegenüber, wenn es ein Kennerlob zu spitzen gilt, das halt nicht eines jeden Sache ist, wie haben es die Könige und Kaiser gut! Es nimmt sich eben alles einzig und außerordentlich in einem solchen Munde aus. Was dürfen sie sich nicht erlauben, und wie bequem ist es z.B., dicht hinterm Stuhl Ihres Herrn Gemahls, beim Schlußakkord einer brillanten Phantasie dem bescheidenen klassischen Mann auf die Schulter zu klopfen und zu sagen: ›Sie sind ein Tausendsassa, lieber Mozart!‹ Kaum ist das Wort heraus, so geht's wie ein Lauffeuer durch den Saal: ›Was hat er ihm gesagt?‹ – ›Er sei ein Tausendsassa, hat er zu ihm gesagt!‹ Und alles, was da geigt und fistuliert und komponiert, ist außer sich von diesem einen Wort; kurzum, es ist der große Stil, der familiäre Kaiserseil, der unnachahmliche, um welchen ich die Josephs und die Friedrichs von je beneidet habe, und das nie mehr als eben jetzt, wo ich ganz in Verzweiflung bin, von anderweitiger geistreicher Münze zufällig keinen Deut in allen meinen Taschen anzutreffen.«

Die Art, wie der Schäker dergleichen vorbrachte, bestach immerhin und rief unausbleiblich ein Lachen hervor.

Nun aber auf die Einladung der Hausfrau verfügte die Gesellschaft sich nach dem geschmückten runden Speisesalon, aus welchem den Eintretenden ein festlicher Blumengeruch und eine kühlere, dem Appetit willkommene Luft entgegenwehte.

Man nahm die schicklich ausgeteilten Plätze ein, und zwar der distinguierte Gast den seinigen dem Brautpaar gegenüber. Von einer Seite hatte er eine kleine ältliche Dame, eine unverheiratete Tante Franziskas, von der andern die junge reizende Nichte selbst zur Nebensitzerin, die sich durch Geist und Munterkeit ihm bald besonders zu empfehlen wußte. Frau Constanze kam zwischen den Hauswirt und ihren freundlichen Geleitsmann, den Lieutenant; die übrigen reihten sich ein, und so saß man zu elfen nach Möglichkeit bunt an der Tafel, deren unteres Ende leer blieb. Auf ihr erhoben sich mitten zwei mächtig große Porzellanaufsätze mit gemalten Figuren, breite Schalen gehäuft voll natürlicher Früchte und Blumen über sich haltend. An den Wänden des Saals hingen reiche Festons. Was sonst da war, oder nach und nach folgte, schien einen ausgedehnten Schmaus zu verkünden. Teils auf der Tafel, zwischen Schüsseln und Platten, teils vom Serviertisch herüber im Hintergrund blinkte verschiedenes edle Getränk, vom schwärzesten Rot bis hinauf zu dem gelblichen Weiß, dessen lustiger Schaum herkömmlich erst die zweite Hälfte eines Festes krönt.

Bis gegen diesen Zeitpunkt hin bewegte sich die Unterhaltung, von mehreren Seiten gleich lebhaft genährt, in allen Richtungen. Weil aber der Graf gleich anfangs einigemal von weitem und jetzt nur immer näher und mutwilliger auf Mozarts Gartenabenteuer anspielte, so daß die einen heimlich lächelten, die andern sich umsonst den Kopf zerbrachen, was er denn meine, so ging unser Freund mit der Sprache heraus.

»Ich will in Gottes Namen beichten«, fing er an, »auf was Art mir eigentlich die Ehre der Bekanntschaft mit diesem edlen Haus geworden ist. Ich spiele dabei nicht die würdigste Rolle, und um ein Haar, so säß ich jetzt, statt hier vergnügt zu tafeln, in einem abgelegenen Arrestantenwinkel des gräflichen Schlosses und könnte mir mit leerem Magen die Spinneweben an der Wand herum betrachten.«

»Nun ja!« rief Madame Mozart, »da werd ich schöne Dinge hören.«

Ausführlich nun beschrieb er erst, wie er im »Weißen Roß« seine Frau zurückgelassen, die Promenade in den Park, den Unstern in der Laube, den Handel mit der Gartenpolizei, kurz, ungefähr was wir schon wissen, gab er alles mit größter Treuherzigkeit und zum höchsten Ergötzen der Zuhörer preis. Das Lachen wollte fast kein Ende nehmen; selbst die gemäßigte Eugenie enthielt sich nicht, es schüttelte sie ordentlich.

»Nun«, fuhr er fort, »das Sprichwort sagt: hat einer den Nutzen, dem Spott mag er trutzen. Ich hab meinen kleinen Profit von der Sache, Sie werden schon sehen. Vor allem aber hören Sie, wie's eigentlich geschah, daß sich ein alter Kindskopf so vergessen konnte. Eine Jugenderinnerung war mit im Spiele.

Im Frühling 1770 reiste ich als dreizehnjähriges Bürschchen mit meinem Vater nach Italien. Wir gingen von Rom nach Neapel. Ich hatte zweimal im Konservatorium und sonst zu verschiedenen Malen gespielt. Adel und Geistlichkeit erzeigten uns manches Angenehme, vornehmlich attachierte sich ein Abbate an uns, der sich als Kenner schmeichelte und übrigens am Hofe etwas galt. Den Tag vor unserer Abreise führte er uns in Begleitung einiger anderen Herrn in einen königlichen Garten, die Villa reale, bei der prachtvollen Straße geradhin am Meere gelegen, wo eine Bande sizilianischer commedianti sich produzierte – figli di Nettuno, wie sie sich neben andern schönen Titeln auch nannten. Mit vielen vornehmen Zuschauern, worunter selbst die junge liebenswürdige Königin Carolina samt zwei Prinzessinnen, saßen wir auf einer langen Reihe von Bänken im Schatten einer zeltartig bedeckten, niedern Galerie, an deren Mauer unten die Wellen plätscherten. Das Meer mir seiner vielfarbigen Streifung strahlte den blauen Sonnenhimmel herrlich wider. Gerade vor sich hat man den Vesuv, links schimmert sanft geschwungen eine reizende Küste herein.

Die erste Abteilung der Spiele war vorüber, sie wurde auf dem trockenen Bretterboden einer Art von Flöße ausgeführt, die auf dem Wasser stand, und hatte nichts Besonderes; der zweite aber und der schönste Teil bestand aus lauter Schiffer-, Schwimm- und Taucherstücken und blieb mir stets mit allen Einzelheiten frisch im Gedächtnis eingeprägt.

588

Von entgegengesetzten Seiten her näherten sich einander zwei zierliche, sehr leicht gebaute Barken, beide, wie es schien, auf einer Lustfahrt begriffen. Die eine, etwas größere, war mit einem Halbverdeck versehen, und nebst den Ruderbänken mit einem dünnen Mast und einem Segel ausgerüstet, auch prächtig bemalt, der Schnabel vergoldet. Fünf Jünglinge von idealischem Aussehen, kaum bekleidet, Arme, Brust und Beine dem Anschein nach nackt, waren teils an dem Ruder beschäftigt, teils ergötzten sie sich mit einer gleichen Anzahl artiger Mädchen, ihren Geliebten. Eine darunter, welche mitten auf dem Verdecke saß und Blumenkränze wand, zeichnete sich durch Wuchs und Schönheit, sowie durch ihren Putz vor allen übrigen aus. Diese dienten ihr willig, spannten gegen die Sonne ein Tuch über sie und reichten ihr die Blumen aus dem Korb. Eine Flötenspielerin saß zu ihren Füßen, die den Gesang der andern mit ihren hellen Tönen unterstützte. Auch jener vorzüglichen Schönen fehlte es nicht an einem eigenen Beschützer; doch verhielten sich beide ziemlich gleichgültig gegeneinander und der Liebhaber deuchte mir fast etwas roh.

Inzwischen war das andere, einfachere Fahrzeug näher gekommen. Hier sah man bloß männliche Jugend. Wie jene Jünglinge Hochrot trugen, so war die Farbe der letztern Seegrün Sie stutzten beim Anblick der lieblichen Kinder, winkten Grüße herüber und gaben ihr Verlangen nach näherer Bekanntschaft zu erkennen. Die Munterste hierauf nahm eine Rose vom Busen und hielt sie schelmisch in die Höhe, gleichsam fragend, ob solche Gaben bei ihnen wohl angebracht wären, worauf von drüben allerseits mit unzweideutigen Gebärden geantwortet wurde. Die Roten sahen verächtlich und finster darein, konnten aber nichts machen, als mehrere der Mädchen einig wurden, den armen Teufeln wenigstens doch etwas für den Hunger und Durst zuzuwerfen. Es stand ein Korb voll Orangen am Boden; wahrscheinlich waren es nur gelbe Bälle, den Früchten ähnlich nachgemacht. Und jetzt begann ein entzückendes Schauspiel, unter Mitwirkung der Musik, die auf dem Uferdamm aufgestellt war.

Eine der Jungfrauen machte den Anfang und schickte fürs erste ein paar Pomeranzen aus leichter Hand hinüber, die, dort mit gleicher Leichtigkeit aufgefangen, alsbald zurückkehrten; so ging es hin und her, und weil nach und nach immer mehr Mädchen zuhalfen, so flog's mit Pomeranzen bald dem Dutzend nach in immer schnellerem Tempo hin und wider. Die Schöne in der Mitte nahm an dem Kampfe keinen

Anteil, als daß sie höchst begierig von ihrem Schemel aus zusah. Wir konnten die Geschicklichkeit auf beiden Seiten nicht genug bewundern. Die Schiffe drehten sich auf etwa dreißig Schritte in langsamer Bewegung umeinander, kehrten sich bald die ganze Flanke zu, bald schief das halbe Vorderteil; es waren gegen vierundzwanzig Bälle unaufhörlich in der Luft, doch glaubte man in der Verwirrung ihrer viel mehr zu sehen. Manchmal entstand ein förmliches Kreuzfeuer, oft stiegen sie und fielen in einem hohen Bogen; kaum ging einmal einer und der andere fehl, es war, als stürzten sie von selbst durch eine Kraß der Anziehung in die geöffneten Finger.

So angenehm jedoch das Auge beschäftigt wurde, so lieblich gingen fürs Gehör die Melodien nebenher: sizilianische Weisen, Tänze, Saltarelli, Canzoni a ballo, ein ganzes Quodlibet, auf Girlandenart leicht aneinandergehängt. Die jüngere Prinzeß, ein holdes unbefangenes Geschöpf, etwa von meinem Alter, begleitete den Takt gar artig mit Kopfnicken; ihr Lächeln und die langen Wimpern ihrer Augen kann ich noch heute vor mir sehen.

Nun lassen Sie mich kürzlich den Verlauf der Posse noch erzählen, obschon er weiter nichts zu meiner Sache tut. Man kann sich nicht leicht etwas Hübscheres denken. Währenddem das Scharmützel allmählich ausging und nur noch einzelne Würfe gewechselt wurden, die Mädchen ihre goldenen Äpfel sammelten und in den Korb zurückbrachten, hatte drüben ein Knabe, wie spielenderweis, ein breites, grüngestricktes Netz ergriffen und kurze Zeit unter dem Wasser gehalten; er hob es auf, und zum Erstaunen aller fand sich ein großer, blau, grün und gold schimmernder Fisch in demselben. Die nächsten sprangen eifrig zu, um ihn herauszuholen, da glitt er ihnen aus den Händen, als wär es wirklich ein lebendiger, und fiel in die See. Das war nun eine abgeredte Kriegslist, die Roten zu betören und aus dem Schiff zu locken. Diese, gleichsam bezaubert von dem Wunder, sobald sie merkten, daß das Tier nicht untertauchen wollte, nur immer auf der Oberfläche spielte, besannen sich nicht einen Augenblick, stürzten sich alle ins Meer, die Grünen ebenfalls, und also sah man zwölf gewandte, wohlgestalte Schwimmer, den fliehenden Fisch zu erhaschen bemüht, indem er auf den Wellen gaukelte, minutenlang unter denselben verschwand, bald da, bald dort, dem einen zwischen den Beinen, dem andern zwischen Brust und Kinn herauf, wieder zum Vorschein kam. Auf einmal, wie die Roten eben am hitzigsten auf ihren Fang aus waren, ersah die

590

andere Partie ihren Vorteil und erstieg schnell wie der Blitz das fremde, ganz den Mädchen überlassene Schiff unter großem Gekreische der letztern. Der nobelste der Burschen, wie ein Merkur gewachsen, flog mit freudestrahlendem Gesicht auf die Schönste zu, umfaßte, küßte sie, die, weit entfernt in das Geschrei der andern einzustimmen, ihre Arme gleichfalls feurig um den ihr wohlbekannten Jüngling schlang. Die betrogene Schar schwamm zwar eilends herbei, wurde aber mit Rudern und Waffen vom Bord abgetrieben. Ihre unnütze Wut, das Angstgeschrei der Mädchen, der gewaltsame Widerstand einiger von ihnen, ihr Bitten und Flehen, fast erstickt vom übrigen Alarm, des Wassers, der Musik, die plötzlich einen andern Charakter angenommen hatte – es war schön über alle Beschreibung und die Zuschauer brachen darüber in einen Sturm von Begeisterung aus.

In diesem Moment nun entwickelte sich das bisher locker eingebundene Segel: daraus ging ein rosiger Knabe hervor mit silbernen Schwingen, mit Bogen, Pfeil und Köcher, und in anmutvoller Stellung schwebte er frei auf der Stange. Schon sind die Ruder alle in voller Tätigkeit, das Segel blähte sich auf: allein gewaltiger als beides schien die Gegenwart des Gottes und seine heftig vorwärtseilende Gebärde das Fahrzeug fortzutreiben, dergestalt, daß die fast atemlos nachsetzenden Schwimmer, deren einer den goldenen Fisch hoch mit der Linken über seinem Haupte hielt, die Hoffnung bald aufgaben, und bei erschöpften Kräften notgedrungen ihre Zuflucht zu dem verlassenen Schiffe nahmen. Derweil haben die Grünen eine kleine bebuschte Halbinsel erreicht, wo sich unerwartet ein stattliches Boot mit bewaffneten Kameraden im Hinterhalt zeigte. Im Angesicht so drohender Umstände pflanzte das Häufchen eine weiße Flagge auf, zum Zeichen, daß man gütlich unterhandeln wolle. Durch ein gleiches Signal von jenseits ermuntert, fuhren sie auf jenen Haltort zu, und bald sah man daselbst die guten Mädchen alle, bis auf die eine, die mit Willen blieb, vergnügt mit ihren Liebhabern das eigene Schiff besteigen. – Hiemit war die Komödie beendigt.«

»Mir deucht«, so flüsterte Eugenie mit leuchtenden Augen dem Baron in einer Pause zu, worin sich jedermann beifällig über das eben Gehörte aussprach, »wir haben hier eine gemalte Symphonie von Anfang bis zu Ende gehabt, und ein vollkommenes Gleichnis überdies des Mozartischen Geistes selbst in seiner ganzen Heiterkeit! Hab ich nicht recht? ist nicht die ganze Anmut ›Figaros‹ darin?«

Der Bräutigam war im Begriff, ihre Bemerkung dem Komponisten mitzuteilen, als dieser zu reden fortfuhr.

»Es sind nun siebzehn Jahre her, daß ich Italien sah. Wer der es einmal sah, insonderheit Neapel, denkt nicht sein Leben lang daran, und wär er auch, wie ich, noch halb in Kinderschuhen gesteckt! So lebhaft aber wie heut in Ihrem Garten war mir der letzte schöne Abend am Golf kaum jemals wieder aufgegangen. Wenn ich die Augen schloß – ganz deutlich, klar und hell, den letzten Schleier von sich hauchend, lag die himmlische Gegend vor mir verbreitet! Meer und Gestade, Berg und Stadt die bunte Menschenmenge an dem Ufer hin, und dann das wundersame Spiel der Bälle durcheinander! Ich glaubte wieder dieselbe Musik in den Ohren zu haben, ein ganzer Rosenkranz von fröhlichen Melodien zog innerlich an mir vorbei, Fremdes und Eigenes, Krethi und Plethi, eines immer das andre ablösend. Von ungefähr springt ein Tanzliedchen hervor, Sechsachtelstakt, mir völlig neu. – Halt, dacht ich, was gibt's hier? Das scheint ein ganz verteufelt niedliches Ding! Ich sehe näher zu – alle Wetter! das ist ja Masetto, das ist ja Zerlina!«
– Er lachte gegen Madame Mozart hin, die ihn sogleich erriet.

»Die Sache«, fuhr er fort, »ist einfach diese. In meinem ersten Akt blieb eine kleine leichte Nummer unerledigt, Duett und Chor einer ländlichen Hochzeit. Vor zwei Monaten nämlich, als ich dieses Stück der Ordnung nach vornehmen wollte, da fand sich auf den ersten Wurf das rechte nicht alsbald. Eine Weise, einfältig und kindlich und sprützend von Fröhlichkeit über und über, ein frischer Busenstrauß mit Flatterband dem Mädel angesteckt, so mußte es sein. Weil man nun im geringsten nichts erzwingen soll, und weil dergleichen Kleinigkeiten sich oft gelegentlich von selber machen, ging ich darüber weg und sah mich im Verfolg der größeren Arbeit kaum wieder danach um. Ganz flüchtig kam mir heut im Wagen, kurz eh wir ins Dorf hereinfuhren, der Text in den Sinn; da spann sich denn weiter nichts an, zum wenigsten nicht daß ich's wüßte. Genug, ein Stündchen später, in der Laube beim Brunnen, erwisch ich ein Motiv, wie ich es glücklicher und besser zu keiner andern Zeit, auf keinem andern Weg erfunden haben würde. Man macht bisweilen in der Kunst besondere Erfahrungen, ein ähnlicher Streich ist mir nie vorgekommen. Denn eine Melodie, dem Vers wie auf den Leib gegossen – doch, um nicht vorzugreifen, so weit sind wir noch nicht, der Vogel hatte nur den Kopf erst aus dem Ei, und auf der Stelle fing ich an, ihn vollends rein herauszuschälen. Dabei schwebte mir lebhaft der Tanz der Zerline vor Augen, und wunderlich spielte zugleich die lachende Landschaft am Golf von Neapel herein. Ich hörte die wechselnden Stimmen des Brautpaars, die Dirnen und Bursche im Chor.« Hier trällerte Mozart ganz lustig den Anfang des Liedchens:

Giovinette, che fatte all' amore, che fatte all' amore,
Non lasciate, che passi l'età che passi l'età, che passi l'età!
Se nel seno vi bulica il core, vi bulica il core,
Il remedio vedete lo quà! La la la! La la la!
Che piacer, che piacer che sarà!
Ah la la! Ah la la usf.[1]

»Mittlerweile hatten meine Hände das große Unheil angerichtet. Die Nemesis lauerte schon an der Hecke und trat jetzt hervor in Gestalt des entsetzlichen Mannes im galonierten blauen Rock. Ein Ausbruch des Vesuvio, wenn er in Wirklichkeit damals an dem göttlichen Abend am Meer Zuschauer und Akteurs, die ganze Herrlichkeit Parthenopes mit einem schwarzen Aschenregen urplötzlich verschüttet und zugedeckt hätte, bei Gott, die Katastrophe wäre mir nicht unerwarteter und schrecklicher gewesen. Der Satan der! so heiß hat mir nicht leicht jemand gemacht. Ein Gesicht wie aus Erz – einigermaßen dem grausamen römischen Kaiser Tiberius ähnlich! Sieht so der Diener aus, dacht ich, nachdem er weggegangen, wie mag erst Seine Gnaden selbst dreinsehen! Jedoch, die Wahrheit zu gestehn, ich rechnete schon ziemlich auf den Schutz der Damen, und das nicht ohne Grund. Denn diese Stanzel da, mein Weibchen, etwas neugierig von Natur, ließ sich im Wirtshaus von der dicken Frau das Wissenswürdigste von denen sämtlichen Persönlichkeiten der gnädigen Herrschaft in meinem Beisein erzählen, ich stand dabei und hörte so –«

Hier konnte Madame Mozart nicht umhin, ihm in das Wort zu fallen und auf das angelegentlichste zu versichern, daß im Gegenteil *er* der Ausfrager gewesen; es kam zu heitern Kontestationen zwischen Mann

1   Liebe Schwestern, zur Liebe geboren,
    Nützt der Jugend schön blühende Zeit!
    Hängt ihr's Köpfchen in Sehnsucht verloren,
    Amor ist euch zu helfen bereit.
    Tral la la!
    Welch Vergnügen erwartet euch da! usw.

593

und Frau, die viel zu lachen gaben. – »Dem sei nun wie ihm wolle«, sagte er, »kurzum, ich hörte so entfernt etwas von einer lieben Pflegetochter, welche Braut, sehr schön, dazu die Güte selber sei und singe wie ein Engel. Per Dio! fiel mir jetzt ein: das hilft dir aus der Lauge! Du setzt dich auf der Stelle hin, schreibst 's Liedchen auf, soweit es geht, erklärst die Sottise der Wahrheit gemäß, und es gibt einen trefflichen Spaß. Gedacht, getan. Ich hatte Zeit genug, auch fand sich noch ein sauberes Bögchen grün liniert Papier. – Und hier ist das Produkt! Ich lege es in diese schönen Hände, ein Brautlied aus dem Stegreif, wenn Sie es dafür gelten lassen.«

So reichte er sein reinlichst geschriebenes Notenblatt Eugenien über den Tisch, des Onkels Hand kam aber der ihrigen zuvor, er haschte es hinweg und rief: »Geduld noch einen Augenblick, mein Kind!«

Auf seinen Wink tat sich die Flügeltüre des Salons weit auf, und es erschienen einige Diener, die den verhängnisvollen Pomeranzenbaum anständig, ohne Geräusch in den Saal hereintrugen und an der Tafel unten auf eine Bank niedersetzten; gleichzeitig wurden rechts und links zwei schlanke Myrtenbäumchen aufgestellt. Eine am Stamm des Orangenbaums befestigte Inschrift bezeichnete ihn als Eigentum der Braut; vorn aber, auf dem Moosgrund, stand, mit einer Serviette bedeckt, ein Porzellanteller, der, als man das Tuch hinwegnahm, eine zerschnittene Orange zeigte, neben welche der Oheim mit listigem Blick des Meisters Autographon steckte. Allgemeiner unendlicher Jubel erhob sich darüber.

»Ich glaube gar«, sagte die Gräfin, »Eugenie weiß noch nicht einmal, was eigentlich da vor ihr steht? Sie kennt wahrhaftig ihren alten Liebling in seinem neuen Flor und Früchteschmuck nicht mehr!«

Bestürzt, ungläubig sah das Fräulein bald den Baum, bald ihren Oheim an. »Es ist nicht möglich«, sagte sie, »ich weiß ja wohl, er war nicht mehr zu retten.«

»Du meinst also«, versetzte jener, »man habe dir nur irgend ungefähr so ein Ersatzstock ausgesucht? Das wär was Rechts! Nein, sieh nur her – ich muß es machen, wie's in der Komödie der Brauch ist, wo sich die totgeglaubten Söhne oder Brüder durch ihre Muttermäler und Narben legitimieren. Schau diesen Auswuchs da! und hier die Schrunde übers Kreuz, du mußt sie hundertmal bemerkt haben. Wie? ist er's oder ist er's nicht?« – Sie konnte nicht mehr zweifeln; ihr Staunen, ihre Rührung und Freude war unbeschreiblich.

Es knüpfte sich an diesen Baum für die Familie das mehr als hundertjährige Gedächtnis einer ausgezeichneten Frau, welche wohl verdient, daß wir ihrer mit wenigem hier gedenken.

Des Oheims Großvater, durch seine diplomatischen Verdienste im Wiener Kabinett rühmlich bekannt, von zwei Regenten nacheinander mit gleichem Vertrauen beehrt, war innerhalb seines eigenen Hauses nicht minder glücklich im Besitz einer vortrefflichen Gemahlin, Renate Leonore. Ihr wiederholter Aufenthalt in Frankreich brachte sie vielfach mit dem glänzenden Hofe Ludwigs XIV. und mit den bedeutendsten Männern und Frauen dieser merkwürdigen Epoche in Berührung. Bei ihrer unbefangenen Teilnahme an jenem steten Wechsel des geistreichsten Lebensgenusses verleugnete sie auf keinerlei Art, in Worten und Werken, die angestammte deutsche Ehrenfestigkeit und sittliche Strenge, die sich in den kräftigen Zügen des noch vorhandenen Bildnisses der Gräfin unverkennbar ausprägt. Vermöge ebendieser Denkungsweise übte sie in der gedachten Sozietät eine eigentümliche naive Opposition, und ihre hinterlassene Korrespondenz weist eine Menge Spuren davon auf, mit wieviel Freimut und herzhafter Schlagfertigkeit, es mochte nun von Glaubenssachen, von Literatur und Politik, oder von was immer die Rede sein, die originelle Frau ihre gesunden Grundsätze und Ansichten zu verteidigen, die Blößen der Gesellschaft anzugreifen wußte, ohne doch dieser im mindesten sich lästig zu machen. Ihr reges Interesse für sämtliche Personen, die man im Hause einer Ninon, dem eigentlichen Herd der feinsten Geistesbildung treffen konnte, war demnach so beschaffen und geregelt, daß es sich mit dem höheren Freundschaftsverhältnis zu einer der edelsten Damen jener Zeit, der Frau von Sévigné, vollkommen wohl vertrug. Neben manchen mutwilligen Scherzen Chapelles an sie, vom Dichter eigenhändig auf Blätter mit silberblumigem Rande gekritzelt, fanden sich die liebevollsten Briefe der Marquisin und ihrer Tochter an die ehrliche Freundin aus Österreich nach ihrem Tod in einem Ebenholzschränkchen der Großmutter vor.

Frau von Sévigné war es denn auch, aus deren Hand sie eines Tages, bei einem Feste zu Trianon, auf der Terrasse des Gartens den blühenden Orangenzweig empfing, den sie sofort auf das Geratewohl in einen Topf setzte und glücklich angewurzelt mit nach Deutschland nahm.

Wohl fünfundzwanzig Jahre wuchs das Bäumchen unter ihren Augen allgemach heran und wurde später von Kindern und Enkeln mit äußerster Sorgfalt gepflegt. Es konnte nächst seinem persönlichen Verte zugleich als lebendes Symbol der feingeistigen Reize eines beinahe vergötterten Zeitalters gelten, worin wir heutzutage freilich des wahrhaft Preisenswerten wenig finden können, und das schon eine unheilvolle Zukunft in sich trug, deren welterschütternder Eintritt dem Zeitpunkt unserer harmlosen Erzählung bereits nicht ferne mehr lag.

Die meiste Liebe widmete Eugenie dem Vermächtnis der würdigen Ahnfrau, weshalb der Oheim öfters merken ließ, es dürfte wohl einst eigens in ihre Hände übergehen. Desto schmerzlicher war es dem Fräulein denn auch, als der Baum im Frühling des vorigen Jahres, den sie nicht hier zubrachte, zu trauern begann, die Blätter gelb wurden und viele Zweige abstarben. In Betracht, daß irgendeine besondere Ursache seines Verkommens durchaus nicht zu entdecken war und keinerlei Mittel anschlug, gab ihn der Gärtner bald verloren, obwohl er seiner natürlichen Ordnung nach leicht zwei- und dreimal älter werden konnte. Der Graf hingegen, von einem benachbarten Kenner beraten, ließ ihn nach einer sonderbaren, selbst rätselhaften Vorschrift, wie sie das Landvolk häufig hat, in einem abgesonderten Raume ganz insgeheim behandeln, und seine Hoffnung, die geliebte Nichte eines Tags mit dem zu neuer Kraft und voller Fruchtbarkeit gelangten alten Freund zu überraschen, ward über alles Erwarten erfüllt. Mit Überwindung seiner Ungeduld und nicht ohne Sorge, ob denn wohl auch die Früchte, von denen etliche zuletzt den höchsten Grad der Reife hatten, so lang am Zweige halten würden, verschob er die Freude um mehrere Wochen auf das heutige Fest, und es bedarf nun weiter keines Worts darüber, mit welcher Empfindung der gute Herr ein solches Glück noch im letzten Moment durch einen Unbekannten sich verkümmert sehen mußte.

Der Lieutenant hatte schon vor Tische Gelegenheit und Zeit gefunden, seinen dichterischen Beitrag zu der feierlichen Übergabe ins reine zu bringen und seine vielleicht ohnehin etwas zu ernst gehaltenen Verse durch einen veränderten Schluß den Umständen möglichst anzupassen. Er zog nunmehr sein Blatt hervor, das er, vom Stuhle sich erhebend und an die Kusine gewendet, vorlas. Der Inhalt der Strophen war kurz gefaßt dieser:

Ein Nachkömmling des vielgepriesenen Baums der Hesperiden, der vor alters, auf einer westlichen Insel, im Garten der Juno, als eine Hochzeitgabe für sie von Mutter Erde, hervorgesproßt war, und welchen die drei melodischen Nymphen bewachten, hat eine ähnliche Bestimmung von jeher gewünscht und gehofft, da der Gebrauch, eine herrliche Braut mit seinesgleichen zu beschenken, von den Göttern vorlängst auch unter die Sterblichen kam.

Nach langem vergeblichen Warten scheint endlich die Jungfrau gefunden, auf die er seine Blicke richten darf. Sie erzeigt sich ihm günstig und verweilt oft bei ihm. Doch der musische Lorbeer, sein stolzer Nachbar am Bord der Quelle, hat seine Eifersucht erregt indem er droht, der kunstbegabten Schönen Herz und Sinn für die Liebe der Männer zu rauben. Die Myrte tröstet ihn umsonst und lehrt ihn Geduld durch ihr eigenes Beispiel; zuletzt jedoch ist es die andauernde Abwesenheit der liebsten, was seinen Gram vermehrt und ihm, nach kurzem Siechtum, tödlich wird.

Der Sommer bringt die Entfernte und bringt sie mit glücklich umgewandtem Herzen zurück. Das Dorf, das Schloß, der Garten, alles empfängt sie mit tausend Freuden Rosen und Lilien, in erhöhtem Schimmer, sehen entzücke und beschämt zu ihr auf, Glück winken ihr Sträucher und Bäume: für *einen*, ach, den edelsten, kommt sie zu spät. Sie findet seine Krone verdorrt, ihre Finger betasten den leblosen Stamm und die klirrenden Spitzen seines Gezweigs. Er kennt und sieht seine Pflegerin nimmer. Wie weint sie, wie strömt ihre zärtliche Klage!

Apollo von weitem vernimmt die Stimme der Tochter. Er kommt, er tritt herzu und schaut mitfühlend ihren Jammer. Alsbald mit seinen allheilenden Händen berührt er den Baum daß er in sich erbebt, der vertrocknete Saft in der Rinde gewaltsam anschwillt, schon junges Laub ausbricht, schon weiße Blumen da und dort in ambrosischer Fülle aufgehen. Ja – denn was vermöchten die Himmlischen nicht? – schön runde Früchte setzen an, dreimal drei, nach der Zahl der neun Schwestern sie wachsen und wachsen, ihr kindliches Grün zusehends mit der Farbe des Goldes vertauschend. Phöbus – so schloß sich das Gedicht –

Phöbus überzählt die Stücke,
Weidet selbsten sich daran,
Ja, es fängt im Augenblicke
Ihm der Mund zu wässern an;

Lächelnd nimmt der Gott der Töne
Von der saftigsten Besitz:
»Laß uns teilen holde Schöne,
Und für Amorn – diesen Schnitz!«

Der Dichter erntete rauschenden Beifall, und gern verzieh man die ba-
rocke Wendung, durch welche der Eindruck des wirklich gefühlvollen
Ganzen so völlig aufgehoben wurde.

Franziska, deren froher Mutterwitz schon zu verschiedenen Malen
bald durch den Hauswirt, bald durch Mozart in Bewegung gesetzt
worden war, lief jetzt geschwinde, wie von ungefähr an etwas erinnert,
hinweg, und kam zurück mit einem braunen englischen Kupferstich
größten Formats, welcher wenig beachtet in einem ganz entfernten
Kabinett unter Glas und Rahmen hing.

»Es muß doch wahr sein, was ich immer hörte«, rief sie aus, indem
sie das Bild am Ende der Tafel aufstellte, »daß sich unter der Sonne
nichts Neues begibt! Hier eine Szene aus dem goldenen Weltalter –
und haben wir sie nicht erst heute erlebt? Ich hoffe doch, Apollo werde
sich in dieser Situation erkennen.«

»Vortrefflich!« triumphierte Max, »da hätten wir ihn ja, den schönen
Gott, wie er sich just gedankenvoll über den heiligen Quell hinbeugt.
Und damit nicht genug – dort, seht nur, einen alten Satyr hinten im
Gebüsch, der ihn belauscht! Man möchte darauf schwören, Apoll besinnt
sich eben auf ein lange vergessenes arkadisches Tänzchen, das ihn in
seiner Kindheit der alte Chiron zu der Zither lehrte.«

»So ist's! nicht anders!« applaudierte Franziska, die hinter Mozart
stand. »Und«, fuhr sie gegen diesen fort, »bemerken Sie auch wohl den
fruchtbeschwerten Ast, der sich zum Gott heruntersenkt?« 598

»Ganz recht; es ist der ihm geweihte Ölbaum.«

»Keineswegs! die schönsten Apfelsinen sind's! Gleich wird er sich in
der Zerstreuung eine herunterholen.«

»Vielmehr«, rief Mozart, »er wird gleich diesen Schelmenmund mit
tausend Küssen schließen!« Damit erwischte er sie am Arm und schwur,
sie nicht mehr loszulassen, bis sie ihm ihre Lippen reiche, was sie denn
auch ohne vieles Sträuben tat.

»Erkläre uns doch, Max«, sagte die Gräfin, »was unter dem Bilde
hier steht.«

»Es sind Verse aus einer berühmten Horazischen Ode. Der Dichter Ramler in Berlin hat uns das Stück vor kurzem unübertrefflich deutsch gegeben. Es ist vom höchsten Schwung. Wie prächtig eben diese *eine* Stelle:

– – – hier, der auf der Schulter
Keinen untätigen Bogen führet!
Der seines Delos grünenden Mutterhain
Und Pataras beschatteten Strand bewohnt,
Der seines Hauptes goldne Locken
In die kastalischen Fluten tauchet.«

»Schön, wirklich schön!« sagte der Graf, »nur hie und da bedarf es der Erläuterung. So z.B., ›der keinen untätigen Bogen führet‹, hieße natürlich schlechtweg: der allezeit einer der fleißigsten Geiger gewesen. Doch, was ich sagen wollte: bester Mozart, Sie säen Unkraut zwischen zwei zärtliche Herzen.«

»Ich will nicht hoffen – wieso?«

»Eugenie beneidet ihre Freundin, und hat auch allen Grund.«

»Aha, Sie haben mir schon meine schwache Seite abgemerkt. Aber was sagt der Bräutigam dazu?«

»Ein- oder zweimal will ich durch die Finger sehen.«

»Sehr gut; wir werden der Gelegenheit wahrnehmen. Indes fürchten Sie nichts, Herr Baron; es hat keine Gefahr, solang mir nicht der Gott hier sein Gesicht und seine langen gelben Haare borgt. Ich wünschte wohl, er tät's! er sollte auf der Stelle Mozarts Zopf mitsamt seinem schönsten Bandl dafür haben.«

»Apollo möge aber dann zusehen«, lachte Franziska, »wie er es anfängt künftig, seinen neuen französischen Haarschmuck mit Anstand
in die kastalische Flut zu tauchen.«

Unter diesen und ähnlichen Scherzen stieg Lustigkeit und Mutwillen immer mehr. Die Männer spürten nach und nach den Wein, es wurden eine Menge Gesundheiten getrunken und Mozart kam in den Zug, nach seiner Gewohnheit in Versen zu sprechen, wobei ihm der Lieutenant das Gleichgewicht hielt und auch der Papa nicht zurückbleiben wollte; es glückte ihm ein paarmal zum Verwundern. Doch solche Dinge lassen sich für die Erzählung kaum festhalten, sie wollen eigentlich nicht wiederholt sein, weil eben das, was sie an ihrem Ort unwiderstehlich macht, die allgemein erhöhte Stimmung, der Glanz, die Jovialität des persönlichen Ausdrucks in Wort und Blick fehlt.

Unter andern wurde von dem alten Fräulein zu Ehren des Meisters ein Toast ausgebracht, der ihm noch eine ganze lange Reihe unsterblicher Werke verhieß. – »À la bonne heure, ich bin dabei!« rief Mozart und stieß sein Kelchglas kräftig an. Der Graf begann hierauf mit großer Macht und Sicherheit der Intonation, kraft eigener Eingebung, zu singen:

> Mögen ihn die Götter stärken
> Zu den angenehmen Werken –
> *Max (fortfahrend)*:
> Wovon der da Ponte weder,
> Noch der große Schikaneder –
> *Mozart*:
> Noch bei Gott der Komponist
> 's mindest weiß zu dieser Frist!
> *Graf*:
> Alle, alle soll sie jener
> Hauptspitzbub von Italiener
> Noch erleben, wünsch ich sehr,
> Unser Signor Bonbonnière![2]
> *Max*:
> Gut, ich geb ihm hundert Jahre –

> *Mozart*:
> Wenn ihn nicht samt seiner Ware –
> *Alle drei con forza*:
> Noch der Teufel holt vorher.
> Unsern Monsieur Bonbonnière.

Durch des Grafen ausnehmende Singlust schweifte das zufällig entstandene Terzett mit Wiederaufnahme der letzten vier Zeilen in einen sogenannten endlichen Kanon aus, und die Fräulein Tante besaß Humor oder Selbstvertrauen genug, ihren verfallenen Sopran mit allerhand

---

2   So nannte Mozart unter Freunden seinen Kollegen Salieri, der wo er ging und stand Zuckerwerk naschte, zugleich mit Anspielung auf das Zierliche seiner Person.

Verzierungen zweckdienlich einzumischen. Mozart gab nachher das Versprechen, bei guter Muße diesen Spaß nach den Regeln der Kunst expreß für die Gesellschaft auszuführen, das er auch später von Wien aus erfüllte.

Eugenie hatte sich im stillen längst mit ihrem Kleinod aus der Laube des Tiberius vertraut gemacht; allgemein verlangte man jetzt das Duett vom Komponisten und ihr gesungen zu hören, und der Oheim war glücklich, im Chor seine Stimme abermals geltend zu machen. Also erhob man sich und eilte zum Klavier ins große Zimmer nebenan.

Ein so reines Entzücken nun auch das köstliche Stück bei allen erregte, so führte doch sein Inhalt selbst, mit einem raschen Obergang, auf den Gipfel geselliger Lust, wo die Musik an und für sich nicht weiter in Betracht mehr kommt, und zwar gab zuerst unser Freund das Signal, indem er vom Klavier aufsprang, auf Franziska zuging und sie, während Max bereitwilligst die Violine ergriff, zu einem Schleifer persuadierte. Der Hauswirt säumte nicht, Madame Mozart aufzufordern. Im Nu waren alle beweglichen Möbel, den Raum zu erweitern, durch geschäftige Diener entfernt. Es mußte nach und nach ein jedes an die Tour, und Fräulein Tante nahm es keineswegs übel, daß der galante Lieutenant sie zu einer Menuett abholte, worin sie sich völlig verjüngte. Schließlich, als Mozart mit der Braut den Kehraus tanzte, nahm er sein versichertes Recht auf ihren schönen Mund in bester Form dahin.

Der Abend war herbeigekommen, die Sonne nah am Untergehen, es wurde nun erst angenehm im Freien, daher die Gräfin den Damen vorschlug, sich im Garten noch ein wenig zu erholen. Der Graf dagegen lud die Herrn auf das Billardzimmer, da Mozart bekanntlich dies Spiel sehr liebte. So teilte man sich denn in zwei Partien, und wir unsererseits folgen den Frauen.

Nachdem sie den Hauptweg einigemal gemächlich auf und ab gegangen, erstiegen sie einen runden, von einem hohen Rebengeländer zur Hälfte umgebenen Hügel, von wo man in das offene Feld, auf das Dorf und die Landstraße sah. Die letzten Strahlen der herbstlichen Sonne funkelten rötlich durch das Weinlaub herein.

»Wäre hier nicht vertraulich zu sitzen«, sagte die Gräfin, »wenn Madame Mozart uns etwas von sich und dem Gemahl erzählen wollte?«

Sie war ganz gerne bereit, und alle nahmen höchst behaglich auf den im Kreis herbeigerückten Stühlen Platz.

»Ich will etwas zum besten geben, das Sie auf alle Fälle hätten hören müssen, da sich ein kleiner Scherz darauf bezieht, den ich im Schilde führe. Ich habe mir in Kopf gesetzt, der Gräfin Braut zur fröhlichen Erinnerung an diesen Tag ein Angebind von sonderlicher Qualität zu verehren. Dasselbe ist so wenig Gegenstand des Luxus und der Mode, daß es lediglich nur durch seine Geschichte einigermaßen interessieren kann.«

»Was mag das sein, Eugenie?« sagte Franziska, »zum wenigsten das Tintenfaß eines berühmten Mannes.«

»Nicht allzuweit gefehlt! Sie sollen es noch diese Stunde sehen; im Reisekoffer liegt der Schatz. Ich fange an, und werde mit Ihrer Erlaubnis ein wenig weiter ausholen.

Vorletzten Winter wollte mir Mozarts Gesundheitszustand, durch vermehrte Reizbarkeit und häufige Verstimmung, ein fieberhaftes Wesen, nachgerade bange machen. In Gesellschaft noch zuweilen lustig, oft mehr als recht natürlich, war er zu Haus meist trüb in sich hinein, seufzte und klagte. Der Arzt empfahl ihm Diät, Pyrmonter und Bewegung außerhalb der Stadt. Der Patient gab nicht viel auf den guten Rat; die Kur war unbequem, zeitraubend, seinem Taglauf schnurstracks entgegen. Nun machte ihm der Doktor die Hölle etwas heiß, er mußte eine lange Vorlesung anhören von der Beschaffenheit des menschlichen Geblüts, von denen Kügelgens darin, vom Atemholen und vom Phlogiston – halt unerhörte Dinge; auch wie es eigentlich gemeint sei von der Natur mit Essen, Trinken und Verdauen, das eine Sache ist, worüber Mozart bis dahin ganz ebenso unschuldig dachte wie sein Junge von fünf Jahren. Die Lektion, in der Tat, machte merklichen Eindruck. Der Doktor war noch keine halbe Stunde weg, so find ich meinen Mann nachdenklich, aber mit aufgeheitertem Gesicht, auf seinem Zimmer über der Betrachtung eines Stocks, den er in einem Schrank mit alten Sachen suchte und auch glücklich fand; ich hätte nicht gemeint, daß er sich dessen nur erinnerte. Er stammte noch von meinem Vater, ein schönes Rohr mit hohem Knopf von Lapislazuli. Nie sah man einen Stock in Mozarts Hand, ich mußte lachen.

›Du siehst‹, rief er, ›ich bin daran, mit meiner Kur mich völlig ins Geschirr zu werfen. Ich will das Wasser trinken, mir alle Tage Motion im Freien machen und mich dabei dieses Stabes bedienen. Da sind mir nun verschiedene Gedanken beigegangen. Es ist doch nicht umsonst, dacht ich, daß andere Leute, was da gesetzte Männer sind, den Stock nicht missen können. Der Kommerzienrat, unser Nachbar, geht niemals über die Straße, seinen Gevatter zu besuchen, der Stock muß mit. Professionisten und Beamte, Kanzleiherrn, Krämer und Chalanten, wenn sie am Sonntag mit Familie vor die Stadt spazieren, ein jeder führt sein wohlgedientes, rechtschaffenes Rohr mit sich. Vornehmlich hab ich oft bemerkt, wie auf dem Stephansplatz, ein Viertelstündchen vor der Predigt und dem Amt, ehrsame Bürger da und dort truppweis beisammenstehen im Gespräch: hier kann man so recht sehen, wie eine jede ihrer stillen Tugenden, ihr Fleiß und Ordnungsgeist, gelaßner Mut, Zufriedenheit, sich auf die wackern Stöcke gleichsam als eine gute Stütze lehnt und stemmt. Mit einem Wort, es muß ein Segen und besonderer Trost in der altväterischen und immerhin etwas geschmacklosen Gewohnheit liegen. Du magst es glauben oder nicht, ich kann es kaum erwarten, bis ich mit diesem guten Freund das erstemal im Gesundheitspaß über die Brücke nach dem Rennweg promeniere! Wir kennen uns bereits ein wenig und ich hoffe, daß unsere Verbindung für alle Zeit geschlossen ist.‹

Die Verbindung war von kurzer Dauer: das drittemal, daß beide miteinander aus waren, kam der Begleiter nicht mehr mit zurück. Ein anderer wurde angeschafft, der etwas länger Treue hielt, und jedenfalls schrieb ich der Stockliebhaberei ein gut Teil von der Ausdauer zu, womit Mozart drei Wochen lang der Vorschrift seines Arztes ganz erträglich nachkam. Auch blieben die guten Folgen nicht aus; wir sahen ihn fast nie so frisch, so hell und von so gleichmäßiger Laune. Doch machte er sich leider in kurzem wieder allzu grün und täglich hatt ich deshalb meine Not mit ihm. Damals geschah es nun, daß er, ermüdet von der Arbeit eines anstrengenden Tages, noch spät, ein paar neugieriger Reisenden wegen, zu einer musikalischen Soiree ging – auf eine Stunde bloß, versprach er mir heilig und teuer; doch das sind immer die Gelegenheiten, wo die Leute, wenn er nur erst am Flügel festsitzt und im Feuer ist, seine Gutherzigkeit am mehrsten mißbrauchen; denn da sitzt er alsdann wie das Männchen in einer Montgolfiere, sechs Meilen hoch über dem Erdboden schwebend, wo man die Glocken nicht mehr schlagen hört. Ich schickte den Bedienten zweimal mitten in der Nacht dahin, umsonst, er konnte nicht zu seinem Herrn gelangen. Um drei Uhr früh kam dieser denn endlich nach Haus. Ich nahm mir vor, den ganzen Tag ernstlich mit ihm zu schmollen.«

Hier überging Madame Mozart einige Umstände mit Stillschweigen. Es war, muß man wissen, nicht unwahrscheinlich, daß zu gedachter Abendunterhaltung auch eine junge Sängerin, Signora Malerbi, kommen würde, an welcher Frau Constanze mit allem Recht Ärgernis nahm. Diese Römerin war durch Mozarts Verwendung bei der Oper angestellt worden, und ohne Zweifel hatten ihre koketten Künste nicht geringen Anteil an der Gunst des Meisters. Sogar wollten einige wissen, sie habe ihn mehrere Monate lang eingezogen und heiß genug auf ihrem Rost gehalten. Ob dies nun völlig wahr sei oder sehr übertrieben, gewiß ist, sie benahm sich nachher frech und undankbar, und erlaubte sich selbst Spöttereien über ihren Wohltäter. So war es ganz in ihrer Art, daß sie ihn einst, gegenüber einem ihrer glücklichern Verehrer, kurzweg un piccolo grifo raso (ein kleines rasiertes Schweinsrüsselchen) nannte. Der Einfall einer Circe würdig, war um so empfindlicher, weil er, wie man gestehen muß, immerhin ein Körnchen Wahrheit enthielt.[3]

Beim Nachhausegehen von jener Gesellschaft, bei welcher übrigens die Sängerin zufällig nicht erschienen war, beging ein Freund im Übermut des Weins die Indiskretion, dem Meister dies boshafte Wort zu verraten. Er wurde schlecht davon erbaut, denn eigentlich war es für ihn der erste unzweideutige Beweis von der gänzlichen Herzlosigkeit seines Schützlings. Vor lauter Entrüstung darüber empfand er nicht einmal sogleich den frostigen Empfang am Bette seiner Frau. In einem Atem teilte er ihr die Beleidigung mit, und diese Ehrlichkeit läßt wohl auf einen mindern Grad von Schuldbewußtsein schließen. Fast machte er ihr Mitleid rege. Doch hielt sie geflissentlich an sich, es sollte ihm nicht so leicht hingehen. Als er von einem schweren Schlaf kurz nach Mittag erwachte, fand er das Weibchen samt den beiden Knaben nicht zu Hause, vielmehr säuberlich den Tisch für ihn allein gedeckt.

Von jeher gab es wenige Dinge, welche Mozart so unglücklich machten, als wenn nicht alles hübsch eben und heiter zwischen ihm und seiner guten Hälfte stand. Und hätte er nun erst gewußt, welche weitere Sorge sie schon seit mehreren Tagen mit sich herumtrug! – eine der schlimmsten in der Tat, mit deren Eröffnung sie ihn nach alter

---

3   Man hat hier ein älteres kleines Profilbild im Auge, das, gut gezeichnet und gestochen, sich auf dem Titelblatt eines Mozartschen Klavierwerks befindet, unstreitig das ähnlichste von allen, auch neuerdings im Kunsthandel erschienenen Porträts.

Gewohnheit so lange wie möglich verschonte. Ihre Barschaft war ehestens alle, und keine Aussicht auf baldige Einnahme da. Ohne Ahnung von dieser häuslichen Extremität war gleichwohl sein Herz auf eine Art beklommen, die mit jenem verlegenen, hülflosen Zustand eine gewisse Ähnlichkeit hatte. Er mochte nicht essen, er konnte nicht bleiben. Geschwind zog er sich vollends an, um nur aus der Sticklust des Hauses zu kommen. Auf einem offenen Zettel hinterließ er ein paar Zeilen italienisch: »Du hast mir's redlich eingetränkt, und geschieht mir schon recht. Sei aber wieder gut, ich bitte dich, und lache wieder, bis ich heimkomme. Mir ist zumut, als möcht ich ein Kartäuser und Trappiste werden, ein rechter Heulochs, sag ich dir!« – Sofort nahm er den Hut nicht aber auch den Stock zugleich; der hatte seine Epoche passiert.

Haben wir Frau Constanze bis hieher in der Erzählung abgelöst, so können wir auch wohl noch eine kleine Strecke weiter fortfahren.

Von seiner Wohnung, bei der Schranne, rechts gegen das Zeughaus einbiegend, schlenderte der teure Mann – es war ein warmer, etwas umwölkter Sommernachmittag – nachdenklich lässig über den sogenannten Hof, und weiter an der Pfarre zu Unsrer Lieben Frau vorbei, dem Schottentor entgegen, wo er seitwärts zur Linken auf die Mölkerbastei stieg und dadurch der Ansprache mehrerer Bekannten, die eben zur Stadt hereinkamen, entging. Nur kurze Zeit genoß er hier, obwohl von einer stumm bei den Kanonen auf und nieder gehenden Schildwache nicht belästigt, der vortrefflichen Aussicht über die grüne Ebene des Glacis und die Vorstädte hin nach dem Kahlenberg und südlich nach den steierischen Alpen. Die schöne Ruhe der äußern Natur widersprach seinem innern Zustand. Mit einem Seufzer setzte er seinen Gang über die Esplanade und sodann durch die Alser-Vorstadt ohne bestimmten Zielpunkt fort.

Am Ende der Währinger Gasse lag eine Schenke mit Kegelbahn, deren Eigentümer, ein Seilermeister, durch seine gute Ware, wie durch die Reinheit seines Getränks den Nachbarn und Landleuten, die ihr Weg vorüberführte, gar wohlbekannt war. Man hörte Kegelschieben und übrigens ging es bei einer Anzahl von höchstens einem Dutzend Gästen mäßig zu. Ein kaum bewußter Trieb, sich unter anspruchslosen, natürlichen Menschen in etwas zu vergessen, bewog den Musiker zur Einkehr. Er setzte sich an einen der sparsam von Bäumen beschatteten Tische zu einem Wiener Brunnenobermeister und zwei andern Spießbürgern, ließ sich ein Schöppchen kommen und nahm an ihrem sehr alltäglichen Diskurs eingehend teil, ging dazwischen umher, oder schaute dem Spiel auf der Kegelbahn zu.

Unweit von der letztern, an der Seite des Hauses, befand sich der offene Laden des Seilers, ein schmaler, mit Fabrikaten vollgepfropfter Raum, weil außer dem, was das Handwerk zunächst lieferte, auch allerlei hölzernes Küchen-, Keller- und landwirtschaftliches Gerät, ingleichem Tran und Wagensalbe, auch weniges von Sämereien, Dill und Kümmel, zum Verkauf umherstand oder – hing. Ein Mädchen, das als Kellnerin die Gäste zu bedienen und nebenbei den Laden zu besorgen hatte, war eben mit einem Bauern beschäftigt, welcher, sein Söhnlein an der Hand, herzugetreten war, um einiges zu kaufen, ein Fruchtmaß, eine Bürste, eine Geißel. Er suchte unter vielen Stücken eines heraus, prüfte es, legte es weg, ergriff ein zweites und drittes, und kehrte unschlüssig zum ersten zurück; es war kein Fertigwerden. Das Mädchen entfernte sich mehrmals der Aufwartung wegen, kam wieder und war unermüdlich, ihm seine Wahl zu erleichtern und annehmlich zu machen, ohne daß sie zu viel darum schwatzte.

Mozart sah und hörte, auf einem Bänkchen bei der Kegelbahn, diesem allen mit Vergnügen zu. Sosehr ihm auch das gute verständige Betragen des Mädchens, die Ruhe und der Ernst in ihren ansprechenden Zügen gefiel, noch mehr interessierte ihn für jetzt der Bauer, welcher ihm, nachdem er ganz befriedigt abgezogen, noch viel zu denken gab. Er hatte sich vollkommen in den Mann hineinversetzt, gefühlt, wie wichtig die geringe Angelegenheit von ihm behandelt, wie ängstlich und gewissenhaft die Preise, bei einem Unterschied von wenig Kreuzern, hin und her erwogen wurden. Und, dachte er, wenn nun der Mann zu seinem Weibe heimkommt, ihr seinen Handel rühmt, die Kinder alle passen, bis der Zwerchsack aufgeht, darin auch was für sie sein mag; sie aber eilt, ihm einen Imbiß und einen frischen Trunk selbstgekelterten Obstmost zu holen, darauf er seinen ganzen Appetit verspart hat!

Wer auch so glücklich wäre, so unabhängig von den Menschen! ganz nur auf die Natur gestellt und ihren Segen, wie sauer auch dieser erworben sein will!

Ist aber mir mit meiner Kunst ein anderes Tagwerk anbefohlen, das ich am Ende doch mit keinem in der Welt vertauschen würde: warum muß ich dabei in Verhältnissen leben, die das gerade Widerspiel von solch unschuldiger, einfacher Existenz ausmachen? Ein Gütchen wenn du hättest, ein kleines Haus bei einem Dorf in schöner Gegend, du solltest wahrlich neu aufleben! Den Morgen über fleißig bei deinen Partituren, die ganze übrige Zeit bei der Familie; Bäume pflanzen, deinen Acker besuchen, im Herbst mit den Buben die Äpfel und die Birn heruntertun; bisweilen eine Reise in die Stadt zu einer Aufführung und sonst, von Zeit zu Zeit ein Freund und mehrere bei dir – welch eine Seligkeit! Nun ja, wer weiß was noch geschieht.

Er trat vor den Laden, sprach freundlich mit dem Mädchen und fing an, ihren Kram genauer zu betrachten. Bei der unmittelbaren Verwandtschaft, welche die meisten dieser Dinge zu jenem idyllischen Anfluge hatten, zog ihn die Sauberkeit, das Helle, Glatte, selbst der Geruch der mancherlei Holzarbeiten an. Es fiel ihm plötzlich ein, Verschiedenes für seine Frau, was ihr nach seiner Meinung angenehm und nutzbar wäre, auszuwählen. Sein Augenmerk ging zuvörderst auf Gartenwerkzeug. Constanze hatte nämlich vor Jahr und Tag auf seinen Antrieb ein Stückchen Land vor dem Kärtner Tor gepachtet und etwas Gemüse darauf gebaut; daher ihm jetzt fürs erste ein neuer großer Rechen, ein kleinerer dito, samt Spaten, ganz zweckmäßig schien. Dann weiteres anlangend, so macht es seinen ökonomischen Begriffen alle Ehre, daß er einem ihn sehr appetitlich anlachenden Butterfaß nach kurzer Überlegung, wiewohl ungern, entsagte; dagegen ihm ein hohes, mit

Deckel und schön geschnitztem Henkel versehenes Geschirr zu unmaßgeblichem Gebrauch einleuchtete. Es war aus schmalen Stäben von zweierlei Holz, abwechselnd hell und dunkel, zusammengesetzt, unten weiter als oben und innen trefflich ausgepicht. Entschieden für die Küche empfahl sich eine schöne Auswahl Rührlöffel, Wellhölzer, Schneidbretter und Teller von allen Größen, sowie ein Salzbehälter einfachster Konstruktion zum Aufhängen.

Zuletzt besah er sich noch einen derben Stock, dessen Handhabe mit Leder und runden Messingnägeln gehörig beschlagen war. Da der sonderbare Kunde auch hier in einiger Versuchung schien, bemerkte die Verkäuferin mit Lächeln, das sei just kein Tragen für Herrn. »Du hast recht, mein Kind«, versetzte er »mir deucht, die Metzger auf der Reise haben solche; weg damit, ich will ihn nicht. Das übrige hingegen alles, was wir da ausgelesen haben, bringst du mir heute oder morgen ins Haus.« Dabei nannte er ihr seinen Namen und die Straße. Er ging hierauf, um auszutrinken, an seinen Tisch, wo von den dreien nur noch einer, ein Klempnermeister, saß.

»Die Kellnerin hat heut mal einen guten Tag«, bemerkte der Mann. »Ihr Vetter läßt ihr vom Erlös im Laden am Gulden einen Batzen.«

Mozart freute sich nun seines Einkaufs doppelt; gleich aber sollte seine Teilnahme an der Person noch größer werden. Denn als sie wieder in die Nähe kam, rief ihr derselbe Bürger zu: »Wie steht's, Kreszenz? Was macht der Schlosser? Feilt er nicht bald sein eigen Eisen?«

»O was!« erwiderte sie im Weitereilen: »Selbiges Eisen, schätz ich, wächst noch im Berg, zuhinterst.«

»Es ist ein guter Tropf«, sagte der Klempner. »Sie hat lang ihrem Stiefvater hausgehalten und ihn in der Krankheit verpflegt, und da er tot war, kam's heraus, daß er ihr Eigenes aufgezehrt hatte; zeither dient sie da ihrem Verwandten, ist alles und alles im Geschäft, in der Wirtschaft und bei den Kindern. Sie hat mit einem braven Gesellen Bekanntschaft und wurde ihn je eher je lieber heiraten; das aber hat so seine Haken.«

»Was für? Er ist wohl auch ohne Vermögen?«

»Sie ersparten sich beide etwas, doch langt es nicht gar. Jetzt kommt mit nächstem drinnen ein halber Hausteil samt Werkstatt in Gant; dem Seiler wär's ein Leichtes, ihnen vorzuschießen, was noch zum Kaufschilling fehlt, allein er läßt die Dirne. natürlich nicht gern fahren. Er hat gute Freunde im Rat und bei der Zunft, da findet der Geselle nun allenthalben Schwierigkeiten.«

»Verflucht!« – fuhr Mozart auf, so daß der andere erschrak und sich umsah, ob man nicht horche. »Und da ist niemand, der ein Wort nach dem Recht dareinspräche? den Herrn eine Faust vorhielte? Die Schufte, die! Wart nur, man kriege euch noch beim Wickel.«

Der Klempner saß wie auf Kohlen. Er suchte das Gesagte auf eine ungeschickte Art zu mildern, beinahe nahm er es völlig zurück. Doch Mozart hörte ihn nicht an. »Schämt Euch, wie Ihr nun schwatzt. So macht's ihr Lumpen allemal, sobald es gilt mit etwas einzustehen!« Und hiemit kehrte er dem Hasenfuß ohne Abschied den Rücken. Der Kellnerin, die alle Hände voll zu tun hatte mit neuen Gästen, raunte er nur im Vorbeigehen zu: »Komme morgen beizeiten, grüße mir deinen Liebsten; ich hoffe, daß eure Sache gut geht.« Sie stutzte nur und hatte weder Zeit noch Fassung ihm zu danken.

Geschwinder als gewöhnlich, weil der Auftritt ihm das Blut etwas in Wallung brachte, ging er vorerst denselben Weg, den er gekommen, bis an das Glacis, auf welchem er dann langsamer, mit einem Umweg, im weiten Halbkreis um die Wälle wandelte. Ganz mit der Angelegenheit des armen Liebespaars beschäftigt, durchlief er in Gedanken eine Reihe seiner Bekannten und Gönner, die auf die eine oder andere Weise in diesem Fall etwas vermochten. Da indessen, bevor er sich irgend zu einem Schritt bestimmte, noch nähere Erklärungen von seiten des Mädchens erforderlich waren, beschloß er diese ruhig abzuwarten und war nunmehr, mit Herz und Sinn den Füßen vorauseilend, bei seiner Frau zu Hause.

Mit innerer Gewißheit zählte er auf einen freundlichen, ja fröhlichen Willkommen, Kuß und Umarmung schon auf der Schwelle, und Sehnsucht verdoppelte seine Schritte beim Eintritt in das Kärntner Tor. Nicht weit davon ruft ihn der Postträger an, der ihm ein kleines, doch gewichtiges Paket übergibt, worauf er eine ehrliche und akkurate Hand augenblicklich erkennt. Er tritt mit dem Boten, um ihn zu quittieren, in den nächsten Kaufladen; dann, wieder auf der Straße, kann er sich nicht bis in sein Haus gedulden; er reißt die Siegel auf, halb gehend, halb stehend verschlingt er den Brief.

»Ich saß«, fuhr Madame Mozart hier in der Erzählung bei den Damen fort, »am Nähtisch, hörte meinen Mann die Stiege heraufkommen und den Bedienten nach mir fragen. Sein Tritt und seine Stimme kam mir beherzter, aufgeräumter vor, als ich erwartete und als mir wahrhaftig angenehm war. Erst ging er auf sein Zimmer, kam aber gleich herüber. ›Guten Abend!‹ sagt’ er; ich, ohne aufzusehen, erwiderte ihm kleinlaut. Nachdem er die Stube ein paarmal stillschweigend gemessen, nahm er unter erzwungenem Gähnen die Fliegenklatsche hinter der Tür, was ihm noch niemals eingefallen war, und murmelte vor sich: ›Wo nur die Fliegen gleich wieder herkommen!‹ – fing an zu patschen da und dort, und zwar so stark wie möglich. Dies war ihm stets der unleidlichste Ton, den ich in seiner Gegenwart nie hören lassen durfte. Hm, dacht ich, daß doch was man selber tut, zumal die Männer, ganz etwas anderes ist! Übrigens hatte ich so viele Fliegen gar nicht wahrgenommen. Sein seltsames Betragen verdroß mich wirklich sehr. – ›Sechse auf *einen* Schlag!‹ rief er: ›willst du sehen?‹ – Keine Antwort. Da legt er mir etwas aufs Nähkissen hin, daß ich es sehen mußte, ohne ein Auge von meiner Arbeit zu verwenden. Es war nichts Schlechteres als ein Häufchen Gold, soviel man Dukaten zwischen zwei Finger nimmt. Er setzte seine Possen hinter meinem Rücken fort, tat hin und wieder einen Streich und sprach dabei für sich: ›Das fatale, unnütze, schamlose Gezücht! Zu was Zweck

45

es nur eigentlich auf der Welt ist – Patsch! – offenbar bloß daß man's totschlage – Pitsch – darauf verstehe ich mich einigermaßen, darf ich behaupten. – Die Naturgeschichte belehrt uns über die erstaunliche Vermehrung dieser Geschöpfe – Pitsch Patsch – : in meinem Hause wird immer sogleich damit aufgeräumt. Ah maledette! disperate! – Hier wieder ein Stück zwanzig. Magst du sie?‹ – Er kam und tat wie vorhin. Hatte ich bisher mit Mühe das Lachen unterdrückt, länger war es unmöglich, ich platzte heraus, er fiel mir um den Hals und beide kicherten und lachten wir um die Wette.

›Woher kommt dir denn aber das Geld?‹ frag ich, während daß er den Rest aus dem Röllelchen schüttelt. – ›Vom Fürsten Esterhazy! durch den Haydn! Lies nur den Brief.‹ Ich las.

›Eisenstadt usw. Teuerster Freund! Seine Durchlaucht, mein gnädigster Herr, hat mich zu meinem größesten Vergnügen damit betraut, Ihnen beifolgende sechzig Dukaten zu übermachen. Wir haben letzt Ihre Quartetten wieder aufgeführt und Seine Durchlaucht waren solchermaßen davon eingenommen und befriediget als bei dem erstenmal, vor einem Vierteljahre, kaum der Fall gewesen. Der Fürst bemerkte mir (ich muß es wörtlich schreiben): 'Als Mozart Ihnen diese Arbeit dedizierte, hat er geglaubt nur Sie zu ehren, doch kann's ihm nichts verschlagen, wenn ich zugleich ein Kompliment für mich darin erblicke. Sagen Sie ihm, ich denke von seinem Genie bald so groß wie Sie selbst, und mehr könn er in Ewigkeit nicht verlangen.' – 'Amen!' setz ich hinzu. Sind Sie zufrieden?

Postskript. Der lieben Frau ins Ohr: Sorgen Sie gütigst, daß die Danksagung nicht aufgeschoben werde. Am besten geschäh es persönlich. Wir müssen so guten Wind fein erhalten!‹

›Du Engelsmann! o himmlische Seele!‹ rief Mozart ein übers andere Mal, und es ist schwer zu sagen, was ihn am meisten freute, der Brief, oder des Fürsten Beifall oder das Geld. Was mich betrifft, aufrichtig gestanden, mir kam das letztere gerade damals höchst gelegen. Wir feierten noch einen sehr vergnügten Abend.

Von der Affäre in der Vorstadt erfuhr ich jenen Tag noch nichts, die folgenden ebensowenig, die ganze nächste Woche verstrich, keine Kreszenz erschien, und mein Mann, in einem Strudel von Geschäften, vergaß die Sache bald. Wir hatten an einem Sonnabend Gesellschaft; Hauptmann Wesselt, Graf Hardegg und andere musizieren. In einer Pause werde ich hinausgerufen – da war nun die Bescherung! Ich geh hinein und frage: ›Hast du Bestellung in der Alservorstadt auf allerlei Holzware gemacht?‹ – ›Potz Hagel, ja! Ein Mädchen wird dasein? Laß sie nur hereinkommen!‹ So trat sie denn in größter Freundlichkeit, einen vollen Korb am Arm, mit Rechen und Spaten ins Zimmer, entschuldigte ihr langes Ausbleiben, sie habe den Namen der Gasse nicht mehr gewußt und sich erst heut zurechtgefragt. Mozart nahm ihr die Sachen nacheinander ab, die er sofort mit Selbstzufriedenheit mir überreichte. Ich ließ mir herzlich dankbar alles und jedes wohl gefallen, belobte und pries, nur nahm es mich Wunder, wozu er das Gartengeräte gekauft. – ›Natürlich‹, sagt' er, ›für dein Stückchen an der Wien.‹ – ›Mein Gott, das haben wir ja aber lange abgegeben! weil uns das Wasser immer soviel Schaden tat und überhaupt gar nichts dabei herauskam. Ich sagte dir's, du hattest nichts dawider.‹ – ›Was? Und also die Spargeln, die wir dies Frühjahr speisten ›– – ›Waren immer vom Markt.‹ – ›Seht‹, sagt' er, ›hätt ich das gewußt! Ich lobte sie dir so aus bloßer Artigkeit, weil du mich wirklich dauertest mit deiner Gärtnerei; es waren Dingerl wie die Federspulen.‹

Die Herrn belustigte der Spaß überaus; ich mußte einigen sogleich das Überflüssige zum Andenken lassen. Als aber Mozart nun das Mädchen über ihr Heiratsanliegen ausforschte, sie ermunterte, hier nur ganz frei zu sprechen, da das, was man für sie und ihren Liebsten tun würde, in der Stille, glimpflich und ohne jemandes Anklagen solle ausgerichtet werden, so äußerte sie sich gleichwohl mit so viel Bescheidenheit, Vorsicht und Schonung, daß sie alle Anwesenden völlig gewann und man sie endlich mit den besten Versprechungen entließ.

›Den Leuten muß geholfen werden!‹ sagte der Hauptmann. ›Die Innungskniffe sind das wenigste dabei; hier weiß ich einen, der das bald in Ordnung bringen wird. Es handelt sich um einen Beitrag für das Haus, Einrichtungskosten und dergleichen. Wie, wenn wir ein Konzert für Freunde im Trattnerischen Saal mit Entree ad libitum ankündigten?‹ – Der Gedanke fand lebhaften Anklang. Einer der Herrn ergriff das Salzfaß und sagte: ›Es müßte jemand zur Einleitung einen hübschen historischen Vortrag tun, Herrn Mozarts Einkauf schildern, seine menschenfreundliche Absicht erklären, und hier das Prachtgefäß stellt man auf einem Tisch als Opferbüchse auf, die beiden Rechen als Dekoration rechts und links dahinter gekreuzt.‹

Dies nun geschah zwar nicht, hingegen das Konzert kam zustande; es warf ein Erkleckliches ab, verschiedene Beiträge folgten nach, daß

611

das beglückte Paar noch Überschuß hatte, und auch die andern Hindernisse waren schnell beseitigt. Duscheks in Prag, unsre genausten Freunde dort, bei denen wir logieren, vernahmen die Geschichte, und *sie*, eine gar gemütliche herzige Frau, verlangte von dem Kram aus Kuriosität auch etwas zu haben; so legt ich denn das Passendste für sie zurück und nahm es bei dieser Gelegenheit mit. Da wir inzwischen unverhofft eine neue liebe Kunstverwandte finden sollten, die nah daran ist, sich den eigenen Herd einzurichten, und ein Stück gemeinen Hausrat, welches Mozart ausgewählt, gewißlich nicht verschmähen wird, will ich mein Mitbringen halbieren, und Sie haben die Wahl zwischen einem schön durchbrochenen Schokoladequirl und mehrgedachter Salzbüchse, an welcher sich der Künstler mit einer geschmackvollen Tulpe verunköstigt hat. Ich würde unbedingt zu diesem Stück raten; das edle Salz, soviel ich weiß, ist ein Symbol der Häuslichkeit und Gastlichkeit, wozu wir alle guten Wünsche für Sie legen wollen.«

So weit Madame Mozart. Wie dankbar und wie heiter alles von den Damen auf- und angenommen wurde, kann man denken. Der Jubel erneuerte sich, als gleich darauf bei den Männern oben die Gegenstände vorgelegt und das Muster patriarchalischer Simplizität nun förmlich übergeben ward, welchem der Oheim in dem Silberschranke seiner nunmehrigen Besitzerin und ihrer spätesten Nachkommen keinen geringern Platz versprach, als jenes berühmte Kunstwerk des florentinischen Meisters in der Ambraser Sammlung einnehme.

Es war schon fast acht Uhr; man nahm den Tee. Bald aber sah sich unser Musiker an sein schon am Mittag gegebenes Wort, die Gesellschaft näher mit dem »Höllenbrand« bekannt zu machen, der unter Schloß und Riegel, doch zum Glück nicht allzu tief im Reisekoffer lag, dringend erinnert. Er war ohne Zögern bereit. Die Auseinandersetzung der Fabel des Stücks hielt nicht lange auf, das Textbuch wurde aufgeschlagen und schon brannten die Lichter am Fortepiano.

Wir wünschten wohl, unsere Leser streifte hier zum wenigsten etwas von jener eigentümlichen Empfindung an, womit oft schon ein einzeln abgerissener, aus einem Fenster beim Vorübergehen an unser Ohr getragener Akkord, der nur von *dorther* kommen kann, uns wie elektrisch trifft und wie gebannt festhält; etwas von jener süßen Bangigkeit, wenn wir in dem Theater, solange das Orchester stimmt, dem Vorhang gegenübersitzen. Oder ist es nicht so? Wenn auf der Schwelle jedes erhabenen tragischen Kunstwerks, es heiße »Macbeth«, »Ödipus« oder wie sonst, ein Schauer der ewigen Schönheit schwebt, wo träfe dies in höherem, auch nur in gleichem Maße zu, als eben hier? Der Mensch verlangt und scheut zugleich aus seinem gewöhnlichen Selbst vertrieben zu werden, er fühlt, das Unendliche wird ihn berühren, das seine Brust zusammenzieht, indem es sie ausdehnen und den Geist gewaltsam an sich reißen will. Die Ehrfurcht vor der vollendeten Kunst tritt hinzu; der Gedanke, ein göttliches Wunder genießen, es als ein Verwandtes in sich aufnehmen zu dürfen, zu können, führt eine Art von Rührung, ja von Stolz mit sich, vielleicht den glücklichsten und reinsten, dessen wir fähig sind.

613 Unsre Gesellschaft aber hatte damit, daß sie ein uns von Jugend auf völlig zu eigen gewordenes Werk jetzt erstmals kennenlernen sollte, einen von unserem Verhältnis unendlich verschiedenen Stand, und, wenn man das beneidenswerte Glück der persönlichen Vermittlung durch den Urheber abrechnet, bei weitem nicht den günstigen wie wir, da eine reine und vollkommene Auffassung eigentlich niemand möglich war, auch in mehr als *einem* Betracht selbst dann nicht möglich gewesen sein würde, wenn das Ganze unverkürzt hätte mitgeteilt werden können.

Von achtzehn fertig ausgearbeiteten Nummern[4] gab der Komponist vermutlich nicht die Hälfte; (wir finden in dem, unserer Darstellung zugrunde liegenden Bericht nur das letzte Stück dieser Reihe, das Sextett, ausdrücklich angeführt) – er gab sie meistens, wie es scheint, in einem freien Auszug, bloß auf dem Klavier, und sang stellenweise darein, wie es kam und sich schickte. Von der Frau ist gleichfalls nur bemerkt, daß sie zwei Arien vorgetragen habe. Wir möchten uns, da ihre Stimme so stark als lieblich gewesen sein soll, die erste der Donna Anna (»Du kennst den Verräter«), und eine von den beiden der Zerline dabei denken.

Genaugenommen waren, dem Geist, der Einsicht, dem Geschmacke nach, Eugenie und ihr Verlobter die einzigen Zuhörer wie der Meister sie sich wünschen mußte, und jene war es sicher ungleich mehr als dieser. Sie saßen beide tief im Grunde des Zimmers; das Fräulein regungslos, wie eine Bildsäule, und in die Sache aufgelöst auf einen solchen Grad, daß sie auch in den kurzen Zwischenräumen, wo sich die

---

4   Bei dieser Zählung ist zu wissen, daß Elviras Arie mit dem Rezitativ und Leporellos »Hab's verstanden« nicht ursprünglich in der Oper enthalten gewesen.

Teilnahme der übrigen bescheiden äußerte oder die innere Bewegung sich unwillkürlich mit einem Ausruf der Bewunderung Luft machte, die von dem Bräutigam an sie gerichteten Worte immer nur ungenügend zu erwidern vermochte.

Als Mozart mit dem überschwenglich schönen Sextett geschlossen hatte, und nach und nach ein Gespräch aufkam, schien er vornehmlich einzelne Bemerkungen des Barons mit Interesse und Wohlgefallen aufzunehmen. Es wurde vom Schlusse der Oper die Rede, sowie von der, vorläufig auf den Anfang Novembers anberaumten Aufführung, und da jemand meinte, gewisse Teile des Finale möchten noch eine Riesenaufgabe sein, so lächelte der Meister mit einiger Zurückhaltung; Constanze aber sagte zu der Gräfin hin, daß er es hören mußte: »Er hat noch was in petto, womit er geheim tut, auch vor mir.«

»Du fällst«, versetzte er, »aus deiner Rolle, Schatz, daß du das jetzt zur Sprache bringst; wenn ich nun Lust bekäme, von neuem anzufangen? und in der Tat, es juckt mich schon.«

»Leporello!« rief der Graf, lustig aufspringend, und winkte einem Diener: »Wein! Sillery, drei Flaschen!«

»Nicht doch! damit ist es vorbei – mein Junker hat sein letztes im Glase.«

»Wohl bekomm's ihm – und jedem das Seine!«

»Mein Gott, was hab ich da gemacht!« lamentierte Constanze, mit einem Blick auf die Uhr, »gleich ist es elfe, und morgen früh soll's fort – wie wird das gehen?«

»Es geht halt gar nicht, Beste! nur schlechterdings gar nicht.«

»Manchmal«, fing Mozart an, »kann sich doch ein Ding sonderbar fügen. Was wird denn meine Stanzl sagen, wenn sie erfährt, daß eben das Stück Arbeit, was sie nun hören soll, um ebendiese Stunde in der Nacht, und zwar gleichfalls vor einer angesetzten Reise, zur Welt geboren ist?«

»Wär's möglich? Wann? Gewiß vor drei Wochen, wie du nach Eisenstadt wolltest?«

»Getroffen! Und das begab sich so. Ich kam nach zehne, du schliefst schon fest, von Richters Essen heim, und wollte versprochenermaßen auch bälder zu Bett, um morgens beizeiten heraus und in den Wagen zu steigen. Inzwischen hatte Veit, wie gewöhnlich, die Lichter auf dem Schreibtisch angezündet, ich zog mechanisch den Schlafrock an, und fiel mir ein, geschwind mein letztes Pensum noch einmal anzusehen.

Allein, o Mißgeschick! verwünschte, ganz unzeitige Geschäftigkeit der Weiber! du hattest aufgeräumt, die Noten eingepackt – die mußten nämlich mit: der Fürst verlangte eine Probe von dem Opus; – ich suchte, brummte, schalt, umsonst! Darüber fällt mein Blick auf ein versiegeltes Kuvert: vom Abbate, den greulichen Haken nach auf der Adresse – ja wahrlich! und schickt mir den umgearbeiteten Rest seines Texts, den ich vor Monatsfrist noch nicht zu sehen hoffte. Sogleich sitz ich begierig hin und lese und bin entzückt, wie gut der Kauz verstand, was ich wollte. Es war alles weit simpler, gedrängter und reicher zugleich. Sowohl die Kirchhofsszene, wie das Finale, bis zum Untergang des Helden, hat in jedem Betracht sehr gewonnen. (Du sollst mir aber auch, dacht ich, vortrefflicher Poet, Himmel und Hölle nicht unbedankt zum zweitenmal beschworen haben!) Nun ist es sonst meine Gewohnheit nicht, in der Komposition etwas vorauszunehmen, und wenn es noch so lockend wäre; das bleibt eine Unart, die sich sehr übel bestrafen kann. Doch gibt es Ausnahmen, und kurz, der Auftritt bei der Reiterstatue des Gouverneurs, die Drohung, die vom Grabe des Erschlagenen her urplötzlich das Gelächter des Nachtschwärmers haarsträubend unterbricht, war mir bereits in die Krone gefahren. Ich griff einen Akkord und fühlte, ich hatte an der rechten Pforte angeklopft, dahinter schon die ganze Legion von Schrecken beieinanderliege, die im Finale loszulassen sind. So kam fürs erste ein Adagio heraus: d-moll, vier Takte nur, darauf ein zweiter Satz mit fünfen – es wird, bild ich mir ein, auf dem Theater etwas Ungewöhnliches geben, wo die stärksten Blasinstrumente die Stimmen begleiten. Einstweilen hören Sie's, so gut es sich hier machen läßt.«

Er löschte ohne weiteres die Kerzen der beiden neben ihm stehenden Armleuchter aus, und jener furchtbare Choral: »Dein Lachen endet vor der Morgenröte!« erklang durch die Totenstille des Zimmers. Wie von entlegenen Sternenkreisen fallen die Töne aus silbernen Posaunen, eiskalt, Mark und Seele durchschneidend, herunter durch die blaue Nacht.

»Wer ist hier? Antwort!« hört man Don Juan fragen. Da hebt es wieder an, eintönig wie zuvor, und gebietet dem ruchlosen Jüngling die Toten in Ruhe zu lassen.

Nachdem diese dröhnenden Klänge bis auf die letzte Schwingung in der Luft verhallt waren, fuhr Mozart fort: »Jetzt gab es für mich begreiflicherweise kein Aufhören mehr. Wenn erst das Eis einmal an *einer* Uferstelle bricht, gleich kracht der ganze See und klingt bis an den entferntesten Winkel hinunter. Ich ergriff unwillkürlich denselben Faden weiter unten bei Don Juans Nachtmahl wieder, wo Donna Elvira sich eben entfernt hat und das Gespenst, der Einladung gemäß, erscheint. – Hören Sie an.«

Es folgte nun der ganze lange, entsetzenvolle Dialog, durch welchen auch der Nüchternste bis an die Grenze menschlichen Vorstellens, ja über sie hinausgerissen wird, wo wir das Übersinnliche schauen und hören, und innerhalb der eigenen Brust von einem Äußersten zum andern willenlos uns hin und her geschleudert fühlen. Menschlichen Sprachen schon entfremdet, bequemt sich das unsterbliche Organ des Abgeschiedenen, noch einmal zu reden. Bald nach der ersten fürchterlichen Begrüßung, als der Halbverklärte die ihm gebotene irdische Nahrung verschmäht, wie seltsam schauerlich wandelt seine Stimme auf den Sprossen einer luftgewebten Leiter unregelmäßig auf und nieder! Er fordert schleunigen Entschluß zur Buße: kurz ist dem Geist die Zeit gemessen; weit, weit, weit ist der Weg! Und wenn nun Don Juan, im ungeheuren Eigenwillen den ewigen Ordnungen trotzend, unter dem wachsenden Andrang der höllischen Mächte, ratlos ringt, sich sträubt und windet, und endlich untergeht, noch mit dem vollen Ausdruck der Erhabenheit in jeder Gebärde – wem zitterten nicht Herz und Nieren vor Lust und Angst zugleich? Es ist ein Gefühl, ähnlich dem, womit man das prächtige Schauspiel einer unbändigen Naturkraft, den Brand eines herrlichen Schiffes anstaunt. Wir nehmen wider Willen gleichsam Partei für diese blinde Größe und teilen knirschend ihren Schmerz im reißenden Verlauf ihrer Selbstvernichtung.

Der Komponist war am Ziele. Eine Zeitlang wagte niemand, das allgemeine Schweigen zuerst zu brechen.

»Geben Sie uns«, fing endlich, mit noch beklemmtem Atem, die Gräfin an, »geben Sie uns, ich bitte Sie, einen Begriff, wie Ihnen war, da Sie in jener Nacht die Feder weglegten!«

Er blickte, wie aus einer stillen Träumerei ermuntert, helle zu ihr auf, besann sich schnell und sagte, halb zu der Dame, halb zu seiner Frau: »Nun ja, mir schwankte wohl zuletzt der Kopf. Ich hatte dies verzweifelte Dibattimento, bis zu dem Chor der Geister, in *einer* Hitze fort, beim offenen Fenster, zu Ende geschrieben, und stand nach einer kurzen Rast vom Stuhl auf, im Begriff, nach deinem Kabinett zu gehen, damit wir noch ein bißchen plaudern und sich mein Blut ausgleiche. Da machte ein überquerer Gedanke mich mitten im Zimmer stillstehen.«

(Hier sah er zwei Sekunden lang zu Boden, und sein Ton verriet beim Folgenden eine kaum merkbare Bewegung.) »Ich sagte zu mir selbst: wenn du noch diese Nacht wegstürbest, und müßtest deine Partitur an diesem Punkt verlassen: ob dir's auch Ruh im Grabe ließ'? – Mein Auge hing am Docht des Lichts in meiner Hand und auf den Bergen von abgetropftem Wachs. Ein Schmerz bei dieser Vorstellung durchzückte mich einen Moment; dann dacht ich weiter: wenn denn hernach über kurz oder lang ein anderer, vielleicht gar so ein Welscher, die Oper zu vollenden bekäme, und fände von der Introduktion bis Numero siebzehn, mit Ausnahme *einer* Piece, alles sauber beisammen, lauter gesunde, reife Früchte ins hohe Gras geschüttelt, daß er sie nur auflesen dürfte; ihm graute aber doch ein wenig hier vor der Mitte des Finale, und er fände alsdann unverhofft den tüchtigen Felsbrocken da insoweit schon beiseite gebracht: er möchte drum nicht übel in das Fäustchen lachen! Vielleicht wär er versucht, mich um die Ehre zu betrügen. Er sollte aber wohl die Finger dran verbrennen, da wär noch immerhin ein Häuflein guter Freunde, die meinen Stempel kennen und mir was mein ist redlich sichern würden. – Nun ging ich, dankte Gott mit einem vollen Blick hinauf, und dankte, liebes Weibchen, deinem Genius, der dir so lange seine beiden Hände sanft über die Stirne gehalten, daß du fortschliefst wie eine Ratze und mich kein einzigmal anrufen konntest. Wie ich dann aber endlich kam und du mich um die Uhr befrugst, log ich dich frischweg ein paar Stunden jünger als du warst, denn es ging stark auf viere; und nun wirst du begreifen, warum du mich um sechse nicht aus den Federn brachtest, der Kutscher wieder heimgeschickt und auf den andern Tag bestellt werden mußte.«

»Natürlich«, versetzte Constanze, »nur bilde sich der schlaue Mann nicht ein, man sei so dumm gewesen, nichts zu merken! Deswegen brauchtest du mir deinen schönen Vorsprung fürwahr nicht zu verheimlichen!«

»Auch war es nicht deshalb.«

»Weiß schon – du wolltest deinen Schatz vorerst noch unbeschrieen haben.«

»Mich freut nur«, rief der gutmütige Wirt, »daß wir morgen nicht nötig haben, ein edles Wiener Kutscherherz zu kränken, wenn Herr Mozart partout nicht aufstehen kann. Die Ordre ›Hans spann wieder aus‹ tut jederzeit sehr weh.«

Diese indirekte Bitte um längeres Bleiben, mit der sich die übrigen Stimmen im herzlichsten Zuspruch verbanden, gab den Reisenden Anlaß zu Auseinandersetzung sehr triftiger Gründe dagegen; doch verglich man sich gerne dahin, daß nicht zu zeitig aufgebrochen und noch vergnügt zusammen gefrühstückt werden solle.

Man stand und drehte sich noch eine Zeitlang in Gruppen schwatzend umeinander. Mozart sah sich nach jemanden um, augenscheinlich nach der Braut; da sie jedoch gerade nicht zugegen war, so richtete er naiverweise die ihr bestimmte Frage unmittelbar an die ihm nahe stehende Franziska: »Was denken Sie denn nun im ganzen von unserm ›Don Giovanni‹? was können Sie ihm Gutes prophezeien?«

»Ich will«, versetzte sie mit Lachen, »im Namen meiner Base so gut antworten als ich kann: Meine einfältige Meinung ist, daß wenn ›Don Giovanni‹ nicht aller Welt den Kopf verrückt, so schlägt der liebe Gott seinen Musikkasten gar zu, auf unbestimmte Zeit heißt das, und gibt der Menschheit zu verstehen –«

– »Und gibt der Menschheit«, fiel der Onkel verbessernd ein, »den Dudelsack in die Hand und verstocket die Herzen der Leute, daß sie anbeten Baalim.«

»Behüt uns Gott!« lachte Mozart. »Je nun, im Lauf der nächsten sechzig, siebzig Jahre, nachdem ich lang fort bin, wird mancher falsche Prophet aufstehen.«

Eugenie trat mit dem Baron und Max herbei, die Unterhaltung hob sich unversehens auf ein Neues, ward nochmals ernsthaft und bedeutend, so daß der Komponist, eh die Gesellschaft auseinanderging, sich noch gar mancher schönen, bezeichnenden Äußerung erfreute, die seiner Hoffnung schmeichelte.

Erst lange nach Mitternacht trennte man sich; keines empfand bis jetzt, wie sehr es der Ruhe bedurfte.

Den andern Tag (das Wetter gab dem gestrigen nichts nach) um zehn Uhr sah man einen hübschen Reisewagen, mit den Effekten beider Wiener Gäste bepackt, im Schloßhof stehen. Der Graf stand mit Mozart davor, kurz ehe die Pferde herausgeführt wurden, und fragte, wie er ihm gefalle.

»Sehr gut; er scheint äußerst bequem.«

»Wohlan, so machen Sie mir das Vergnügen und behalten Sie ihn zu meinem Andenken.«

»Wie? ist das Ernst?«

»Was wäre es sonst?«

»Heiliger Sixtus und Calixtus – Constanze! du!« rief er zum Fenster hinauf, wo sie mit den andern heraussah. »Der Wagen soll mein sein! du fährst künftig in deinem eigenen Wagen!«

Er umarmte den schmunzelnden Geber, betrachtete und umging sein neues Besitztum von allen Seiten, öffnete den Schlag, warf sich hinein und rief heraus: »Ich dünke mich so vornehm und so reich wie Ritter Gluck! Was werden sie in Wien für Augen machen!« – »Ich hoffe«, sagte die Gräfin, »Ihr Fuhrwerk wiederzusehn bei der Rückkehr von Prag, mit Kränzen um und um behangen!«

Nicht lang nach diesem letzten fröhlichen Auftritt setzte sich der vielbelobte Wagen mit dem scheidenden Paar wirklich in Bewegung und fuhr im raschen Trab nach der Landstraße zu. Der Graf ließ sie bis Wittingau fahren, wo Postpferde genommen werden sollten.

Wenn gute, vortreffliche Menschen durch ihre Gegenwart vorübergehend unser Haus belebten, durch ihren frischen Geistesodem auch unser Wesen in neuen raschen Aufschwung versetzten und uns den Segen der Gastfreundschaft in vollem Maße zu empfinden gaben, so läßt ihr Abschied immer eine unbehagliche Stockung, zum mindesten für den Rest des Tags, bei uns zurück, wofern wir wieder ganz nur auf uns selber angewiesen sind.

Bei unsern Schloßbewohnern traf wenigstens das letztere nicht zu. Franziskas Eltern nebst der alten Tante fuhren zwar alsbald auch weg; die Freundin selbst indes, der Bräutigam, Max ohnehin, verblieben noch. Eugenien, von welcher vorzugsweise hier die Rede ist, weil sie das unschätzbare Erlebnis tiefer als alle ergriff, ihr, sollte man denken, konnte nichts fehlen, nichts genommen oder getrübt sein; ihr reines Glück in dem wahrhaft geliebten Mann, das erst soeben seine förmliche Bestätigung erhielt, mußte alles andre verschlingen, vielmehr, das Edelste und Schönste, wovon ihr Herz bewegt sein konnte, mußte sich notwendig mit jener seligen Fülle in *eines* verschmelzen. So wäre es auch wohl gekommen, hätte sie gestern und heute der bloßen Gegenwart, jetzt nur dem reinen Nachgenuß derselben leben können. Allein am Abend schon, bei den Erzählungen der Frau, war sie von leiser Furcht für ihn, an dessen liebenswertem Bild sie sich ergötzte, geheim beschlichen worden, diese Ahnung wirkte nachher, die ganze Zeit als Mozart spielte, hinter allem unsäglichen Reiz, durch alle das geheimnisvolle Grauen der Musik hindurch, im Grund ihres Bewußtseins fort, und endlich überraschte, erschütterte sie das was er selbst in der nämlichen Richtung gelegentlich von sich erzählte. Es ward ihr so gewiß, so ganz gewiß, daß dieser Mann sich schnell und unaufhaltsam in seiner eigenen Glut verzehre, daß er nur eine flüchtige Erscheinung auf der Erde sein könne, weil sie den Überfluß, den er verströmen würde, in Wahrheit nicht ertrüge.

Dies, neben vielem andern, ging, nachdem sie sich gestern niedergelegt, in ihrem Busen auf und ab, während der Nachhall »Don Juans« verworren noch lange fort ihr inneres Gehör einnahm. Erst gegen Tag schlief sie ermüdet ein.

Die drei Damen hatten sich nunmehr mit ihren Arbeiten in den Garten gesetzt, die Männer leisteten ihnen Gesellschaft, und da das Gespräch natürlich zunächst nur Mozart betraf, so verschwieg auch Eugenie ihre Befürchtungen nicht. Keins wollte dieselben im mindesten teilen, wiewohl der Baron sie vollkommen begriff. Zur guten Stunde, in recht menschlich reiner, dankbarer Stimmung pflegt man sich jeder Unglücksidee, die einen gerade nicht unmittelbar angeht, aus allen Kräften zu erwehren. Die sprechendsten, lachendsten Gegenbeweise wurden, besonders vom Oheim, vorgebracht, und wie gerne hörte nicht Eugenie alles an! Es fehlte nicht viel, so glaubte sie wirklich zu schwarz gesehen zu haben.

Einige Augenblicke später, als sie durchs große Zimmer oben ging, das eben gereinigt und wieder in Ordnung gebracht worden war, und dessen vorgezogene, grün damastene Fenstergardinen nur ein sanftes Dämmerlicht zuließen, stand sie wehmütig vor dem Klaviere still. Durchaus war es ihr wie ein Traum, zu denken, wer noch vor wenigen Stunden davor gesessen habe. Lang blickte sie gedankenvoll die Tasten an, die er zuletzt berührt, dann drückte sie leise den Deckel zu und zog den Schlüssel ab, in eifersüchtiger Sorge, daß so bald keine andere Hand wieder öffne. Im Weggehn stellte sie beiläufig einige Liederhefte an ihren Ort zurück; es fiel ein älteres Blatt heraus, die Abschrift eines böhmischen Volksliedchens, das Franziska früher, auch wohl sie selbst, manchmal gesungen. Sie nahm es auf, nicht ohne darüber betreten zu sein. In einer Stimmung wie die ihrige wird der natürlichste Zufall leicht zum Orakel. Wie sie es aber auch verstehen wollte, der Inhalt war der Art, daß ihr, indem sie die einfachen Verse wieder durchlas, heiße Tränen entfielen.

Ein Tännlein grünet wo
Wer weiß, im Walde;
Ein Rosenstrauch, wer sagt,
In welchem Garten?
Sie sind erlesen schon,
Denk es, o Seele,
Auf deinem Grab zu wurzeln
Und zu wachsen.

Zwei schwarze Rößlein weiden
Auf der Wiese,
Sie kehren heim zur Stadt
In muntern Sprüngen.
Sie werden schrittweis gehn
Mit deiner Leiche;
Vielleicht, vielleicht noch eh
An ihren Hufen
Das Eisen los wird,
Das ich blitzen sehe!

Biographie

1804   *8. September:* Eduard Mörike wird in Ludwigsburg bei Stuttgart als Sohn des Arztes Karl Friedrich Mörike und seiner Frau, der Pfarrerstochter Charlotte Dorothea, geboren.

1811   *Ostern:* Eintritt in die Lateinschule in Ludwigsburg (bis 1817).

1815   Das erste erhaltene Gedicht Mörikes entsteht.
Der Vater erleidet einen Schlaganfall.

1816   Geburt der Schwester Klara.

1817   Tod des Vaters.
Ein Onkel Mörikes, der Jurist Friedrich Eberhard von Georgii, nimmt Mörike zu sich nach Stuttgart, wo Mörike seine Schulausbildung beenden soll.

1818   Zwar besteht Mörike nach seinem Gymnasiumsbesuch das Landesexamen nicht, wird jedoch auf Intervention seines Onkels trotzdem ins Niedere theologische Seminar in Urach aufgenommen, der ersten Station der Pfarrerausbildung, die die Familie für ihn vorgesehen hat. Mörike selbst findet Zeit seines Lebens kein wirkliches Interesse am Pfarrerberuf.
Bekanntschaft mit Wilhelm Waiblinger, Wilhelm Hartlaub, der wie Mörike Pfarrer wurde, und Johannes Mährlen, später Professor für Ökonomie.

1822   *Herbst:* Mörike beginnt mit dem Theologiestudium am Tübinger Stift (bis 1826).
In Tübingen studieren auch Hartlaub, Mährlen und Waiblinger, außerdem trifft Mörike seine Jugendfreunde David Friedrich Strauß und Friedrich Theodor Vischer wieder. Er lernt Hermann Hardegg, Rudolf Lohbauer und Ludwig Bauer kennen.

1823   Liebe zu Maria Meyer.

1826   *Herbst:* Mörike legt sein theologisches Examen ab.
Dezember: Beginn des Vikariats, das er an verschiedenen Orten absolviert: in Möhringen, Oberboihingen, Köngen, Pflummern, Plattenhard, Eltingen und Ochsenwang (bis 1834).

1827   *Dezember:* Mörike wird für anderthalb Jahre vom Kirchendienst beurlaubt (bis Februar 1829). In dieser Zeit versucht er sich in Stuttgart als freier Schriftsteller und Redakteur der Franckschen »Damenzeitung«.

1829 Bekanntschaft und Verlobung mit Luise Rau.

1832 Mörikes Roman »Maler Nolten« (2 Bände) erscheint. Das Werk verbindet die Tradition des Künstler- und Bildungsromans mit dem romantischen Schicksalsmotiv. An der Überarbeitung des Romans arbeitet Mörike bis zu seinem Tod. Die zweite, als Fragment hinterlassene Fassung erscheint postum 1877.

1833 Luise Rau löst das Verlöbnis.

1834 In »Urania. Taschenbuch auf das Jahr 1834« erscheint Mörikes Erzählung »Miß Jenny Harrower. Eine Skizze«.
Mörike tritt eine feste Pfarrstelle in Cleversulzbach an.
Die Mutter und Mörikes Schwester Klara ziehen mit ihm ins Pfarrhaus ein.

1836 Die Erzählung »Der Schatz« erscheint im »Jahrbuch schwäbischer Dichter und Novellisten«.

1837 Begegnung mit Ludwig Uhland und Karl Mayer.

1838 Die erste Ausgabe der »Gedichte« erscheint. Die Sammlung wird in allen weiteren Auflagen immer wieder überarbeitet, einige Gedichte ausgeschieden, viele neu aufgenommen. Zahlreiche Gedichte werden von bekannten Komponisten wie Robert Schumann, Johannes Brahms, Hugo Wolf, Hugo Distler, Max Reger usw. vertont.

1839 In Mörikes Sammelband »Iris« erscheinen u.a. als überarbeitete Fassung von »Miß Jenny Harrower« die Novelle »Lucie Gelmeroth« und das Märchen »Der Bauer und sein Sohn«. Außerdem enthält er Mörikes dramatischen Versuch »Die Regenbrüder. Oper in zwei Acten. In Musik gesezt von I. Lachner«.

1840 »Classische Blumenlese« (Übersetzungen).

1841 Tod der Mutter.

1843 *Juli:* Mörike wird wegen Kränklichkeit pensioniert.
Herbst: Übersiedlung nach Wermutshausen, wo er im Hause Hartlaubs wohnt (bis Frühjahr 1844).
Bekanntschaft mit Friederike Faber.

1844 Zusammen mit der Schwester Klara zieht Mörike zunächst nach Schwäbisch Hall, im Herbst nach Mergentheim um.

1845 Im Haus der Familie der Oberstleutnants von Speeth, wohin Mörike in Mergentheim umgesiedelt war, lernt er die Tochter Margarethe kennen.

1846 »Idylle vom Bodensee oder Fischer Martin und die Glockendiebe.

In sieben Gesängen«.

1848 »Gedichte« (2., vermehrte Auflage).

1850 Beginn der Korrespondenz mit Theodor Storm.

1851 Heirat mit Margarethe von Speeth. Umzug nach Stuttgart.
Mörike erteilt Literaturunterricht am Katharinenstift für Mädchen (bis 1866).

1852 Die Universität Tübingen ernennt Mörike zum Ehrendoktor.
Die Idylle »Der alte Turmhahn« erscheint im »Kunst- und Unterhaltungsblatt für Stadt und Land«.

1853 »Das Stuttgarter Hutzelmännlein« (Märchen).
Im »Kunst- und Unterhaltungsblatt für Stadt und Land« erscheint Mörikes Märchen »Die Hand der Jezerte«.

1855 Geburt der Tochter Fanny.
Mörike wird zum Hofrat ernannt.
Im »Morgenblatt für gebildete Stände« erscheint die Novelle »Mozart auf der Reise nach Prag« (Buchausgabe 1856).
»Theokritos, Bion und Moschos« (Übersetzung, Stuttgart).
Begegnung mit Storm, Heyse, Geibel, Moritz Hartmann und Iwan Turgenjew.

1856 »Gedichte« (3., vermehrte Auflage).
»Vier Erzählungen«.
Mörike erhält den Professorentitel.

1857 Geburt der Tochter Marie.

1859 Mörike gibt anonym »Schillers Gedichte. Auswahl für die Jugend« heraus.

1862 Mörike erhält die Ehrengabe der Deutschen Schiller- Stiftung.

1864 Jahrespension der Deutschen Schiller-Stiftung.
»Anakreon und die sogenannten Anakreontischen Lieder« (Übersetzung).
Beginn der Freundschaft mit dem Maler Moritz von Schwindt.

1867 *Sommer:* Übersiedlung nach Lorch.
»Gedichte« (4., vermehrte Auflage).

1869 *Herbst:* Umzug nach Stuttgart.

1870 *Januar:* Mörike zieht nach Nürtingen um.

1873 »Die Historie von der schönen Lau«.
»Gedichte« (5. Auflage).
Sommer: Mörike und seine Frau trennen sich.

1875 *4. Juni:* Mörike stirbt in Stuttgart.